W0222344

Elke Holler

gefuchst

Die Detektivfamilie

Tigerbaby in der Schwebebahn

Adonia

Hörspiel-CD in Schweizerdeutsch

Gfuchst 4 –
Ds Tigerbaby i de Schwebebahn

- Ab 8 Jahren
- Adonia Verlag, CH-Brittnau, E85115

Hörspiele in Schweizerdeutsch für Kinder ab 8 J. dazu erhältlich.

Gefuchst 1 –
Das Geheimnis der Königsburg
160 Seiten, Adonia Verlag
ISBN 978-3-03783-125-0

Gefuchst 2 –
Das verschollene Bernsteinzimmer
168 Seiten, Adonia Verlag
ISBN 978-3-03783-127-4

Gefuchst 3 –
Juwelenjagd durch die Dolomiten
192 Seiten, Adonia Verlag
ISBN 978-3-03783-141-0

© Adonia Verlag, CH-4805 Brittnau
www.adonia-verlag.ch

Lektorat: David Hollenstein
Korrektorat: Adonia Verlag
Coverbild: Claudia Kündig

Bildrechte:
Seite 10, 19, 21, 31, 40, 119: Elke Holler
Seite 18: Wikipedia/Atamari
Seite 61: Wikipedia/Frank Vincentz
Seite 72, 138: Wikipedia/Dirk Vorderstraße
Seite 76: Istock/FooTToo
Seite 94: Wikipedia/mbdortmund

ISBN 978-3-03783-156-4

Elke Holler lebt in Ostdeutschland. Sie ist verheiratet mit Olli, Mutter von zwei coolen Töchtern und von Berufs wegen an der Gründung von Familien beteiligt, nämlich als Ärztin für Geburtshilfe. Sie ist begeistert von Gottes Idee von Familie. Familien sind nicht perfekt, haben aber einen perfekten Schirmherrn. Gott! Und so ist auch die Idee zu dieser Buchserie entstanden.

Inhalt

Familie Fuchs

Melissa Fuchs

Ronja Fuchs

Conny Fuchs

Matthias Fuchs

Gefahr auf dem Dachboden

Es war ein Albtraum. Henriette Vogler drehte sich unruhig hin und her. Sie befand sich auf dem dunklen Dachboden ihres alten bergischen Fachwerkhauses in Wuppertal.

Der schwarzbekleidete Mann mit der metallenen Panzerung, der unheimlichen Gesichtsmaske und der Automatikwaffe in der Hand stand ihr direkt gegenüber.

Ihre beiden geliebten Nichten befanden sich in seiner Gewalt. Mit Tränen in den Gesichtern waren die Mädchen wie ein menschlicher Schutzschild dicht an seinen Körper gepresst.

War er überhaupt ein Mensch oder nicht vielmehr ein Cyborg, eine Mischung aus Roboter und Lebewesen? Seine blecherne, erbarmungslose Stimme forderte sie leise, aber nachdrücklich, immer wieder auf. «Sag mir ihre Namen oder du siehst die Kinder nie wieder. Sag mir, wie sie heißen!»

Henriette Vogler war wie gelähmt. Als wenn die Mensch-Maschine all ihre Gedanken aus ihrem Gehirn heraussaugen würde. Je mehr sie versuchte, sich an die Namen ihrer beiden Nichten zu erinnern, desto leerer wurde ihr Kopf. ‹Anne und Frauke? Nein›, korrigierte sie sich sofort selber. ‹Tina und Jacqueline?› Verwirrt stand sie mit flehend erhobenen Händen da. ‹Oder war es Lara und Klara?› Nein, das waren auch nicht die richtigen Vornamen. Sie wusste, dass sie nur einen Versuch hatte den Mann, der wie ein Cyborg aussah, zufriedenzustellen.

Rot glühten die Augen aus der metallischen Gesichtsmaske in der Dunkelheit des Dachgeschosses. Ungeduldig trat die dunkle Gestalt von einem Fuß auf den anderen. Höhnisch lachend stieß sie aus: «Du erinnerst dich nicht! Eine schöne Tante bist du. Du hast es nicht besser verdient, als dass ich deine beiden Nichten für immer aus deinem Leben wegnehme, Voglerin.»

Die Worte taten weh. Henriette Vogler verstand nicht, wie sie so urplötzlich in diese schreckliche Situation hineingeraten waren. Angefangen hatte es mit einem Stöber- und Versteckspiel bei herbstlichem Nieselregen. Um ihre kleinen Nichten an dem tristen Novembertag zu unterhalten, hatten sie sich auf den Dachboden hochgeschlichen, während die Eltern ein Mittagsschläfchen hielten. Als eines der Mädchen den großen rustikalen Kleiderschrank geöffnet hatte, war plötzlich dieser Cyborg zwischen alten Mänteln und Kleidern aufgetaucht. Henriette öffnete entschlossen den Mund und nannte dem Unmenschen zwei Namen. Im gleichen Moment blitzte Feuer aus dem Lauf der Automatikwaffe auf und ein ohrenbetäubender Knall ertönte. Ihre beiden Nichten, Ronja und Melissa, verschwanden zusammen mit dem Cyborg und es war nur noch dunkel um sie herum.

*****

Henriette Vogler richtete sich erschrocken im Bett auf. Ihr Herz pumpte wie verrückt und auf der Stirn standen vor Angst Schweißperlen. Sie befand sich in dem rosa geblümten Schlafzimmer ihres alten Fachwerkhauses. Es war nur ein Albtraum gewesen. Langsam kam die alte Tante von Ronja und Melissa wieder zur Besinnung. Ihre Grundangst, die in den letzten Tagen vor dem Besuch der Familie Fuchs jeden Tag zugenommen hatte, überfiel sie in diesen dunklen Nachtstunden auch jetzt sofort wieder. Was war, wenn die anderen bemerkten, wie vergesslich sie in letzter Zeit geworden war? So umständlich und verlangsamt, wie sie sich selbst nicht wiedererkannte. Würden Ronja und Melissa ihre Tante Henny, wie sie sie in Kindertagen oft liebevoll genannt hatten, in diesem Zustand noch lieben können? Im tiefsten Innern fürchtete sich Tante Henriette davor, den Verstand zu verlieren und irgendwann wie ein alter nutzloser Gegenstand in der Ecke abgestellt zu werden. Henriette hätte nicht gewusst, wie die Konfrontation mit dem Cyborg in Realität ausgegangen wäre. Denn oft fielen ihr in letzter Zeit die richtigen Worte nicht mehr sofort ein und es entstanden peinliche Situationen.

Entschlossen schüttelte Tante Henriette ihre Bettdecke zurück und stand auf. Es war zwar erst 5 Uhr, aber sie wollte lieber in die Küche gehen und letzte Vorbereitungen für den Besuch der Fuchs-Familie treffen. Bloß nicht wieder einschlafen und so wirre Träume durchleiden! Sie wollte die versprochene Schokoladencremetorte fertigbacken, die die Kinder immer so geliebt hatten, wenn sie bei Tante Henny zu Besuch gewesen waren. Mit geübten Handgriffen machte sie sich an die Arbeit.

*****

Stunden später klingelte es an der Haustür Sturm. Aufgeregte Wortfetzen erfüllten das alte Treppenhaus des kleinen Fachwerkhauses mit der grauen Schieferverkleidung. Endlich waren Conny, Matthias, Ronja und Melissa Fuchs nach der langen Autofahrt im Wuppertaler Stadtteil Sonnborn angekommen. Tante Henriette war überwältigt vor Wiedersehensfreude und zugleich äußerst angespannt, wie sie das vor ihnen liegende Wochenende meistern würde. Sie hatte die Kinder schon einige Jahre nicht mehr gesehen. Wie die Mädchen gewachsen waren, staunte Henriette Vogler, kaum wiederzuerkennen! Ronja hatte genauso lange Haare wie früher und die gleichen strahlend hellblauen Augen. Melissas Haare dagegen waren dunkler geworden und auch die Sommersprossen auf ihrer Nase traten stärker hervor. Die Eltern, Matthias und Conny, hatten sich überhaupt nicht verändert, sportlich und fröhlich wie eh und je. ‹Komm schon, du schaffst das!›, sprach sich die Tante selber Mut zu. Hoffentlich konnte sie es den Kindern recht machen, ohne dass peinliche Zwischenfälle durch ihre Gedächtnislücken passierten.

Im Tigertal

Ronja starrte missmutig auf den grauen Herbsthimmel, als sie die letzten Meter einer alten, ehrwürdigen Allee entlang gingen. Schiefergedeckte Villen mit kleinen Giebeln und Erkern säumten die Straße, die zum Wuppertaler Zoo hochführte.

«Langweilig. Total langweilig», kommentierte sie verdrossen den Tagesausflug, den die Eltern zur Beschwichtigung der Gemüter schon am frühen Morgen mit ihren Kindern spontan unternommen hatten.

Am Vortag waren sie bei Tante Henny in Wuppertal angekommen. Aber schon nach wenigen Stunden der sanft dahin plätschernden Unterhaltung und der ersten Übernachtung war die Stimmung im Keller. Die beiden Schwestern waren total angeödet, das Wochenende in dem beengten Fachwerkhaus bei der alten Tante zu verbringen. Irgendwie schienen die Räume alle geschrumpft zu sein. Die Mädchen wussten nicht recht, was sie mit dieser ihnen fremdgewordenen Rentnerin anfangen sollten, die so gar keinen Plan davon hatte, was Teenager heutzutage bewegt.

Dabei waren Ronja und ihre ältere Schwester Melissa schon von vornherein alles andere als begeistert gewesen, an diesem Herbstwochenende zu Tante Henriette nach Wuppertal zu fahren, statt mit dem Teeniekreis auf Wochenendfreizeit zu gehen. Doch allen Protesten zum Trotz hatten ihre uneinsichtigen Eltern sie dazu verdonnert, an diesem Familienbesuch teilzunehmen. Früher hätten sie sich darum gerissen, in dem alten Fachwerkhaus von Tante Henny den Dachboden unsicher zu machen und auf den knarrenden Dachbalken zum Nachbarhaus hinüberzuschleichen. Aber jetzt waren sie aus diesen Kleinkinderspielen längst herausgewachsen. Was hatten sich ihre Eltern nur dabei gedacht, die beiden Schwestern ins ‹Bergische Land› nach Wuppertal zu verschleppen! Ihre schlechte Laune ließen die Mädels ihre Eltern, Conny und Matthias Fuchs, deutlich spüren.

Unten im Tal hörte man in regelmäßigen Abständen das Einfahren der Schwebebahn in die Station am Zoo, an der auch sie ausgestiegen waren. Wuppertal war vor vielen hundert Jahren in einem engen Talkessel erbaut worden. Deshalb hatte man die Hauptverkehrsader mit zunehmender Größe der Stadt in die Luft verlegt und 1901 die Schwebebahn hoch über den Köpfen der Fuhrwerke und ersten Automobile erbaut.

Ronja und Melissa hatten die ruckelnde Fahrt von Tante Henriettes Haus im Stadtteil Sonnborn bis zum Zoo genossen. Man konnte von der Hochbahn aus in die Wohnungen der ersten Etage hineinschauen und das Gewimmel von Fußgängern und Autos unten auf der Straße überblicken. Schnell erreichte man jedes wichtige Ziel in Wuppertal, denn die Schwebebahn fuhr im 5-Minuten-Takt ein. Ab der Zoo-Station erreichte die

Bahn den Fluss Wupper und folgte hoch oben dessen kurvigen Verlauf. Eigentlich war dieses Bauwerk ein Geniestreich, hatte es doch die Verkehrsprobleme durch einzigartige Brückenkonstruktionen gelöst, durch die die Fahrgleise in die Luft hochverlegt worden waren.

Die Familie hatte bereits beim Einsteigen in die Schwebebahn ein Kombi-Tagesticket gelöst, das gleichzeitig zum Besuch des Zoos sowie zur Nutzung der Bahn für einen ganzen Tag berechtigte. Daher konnten sie die lange Schlange am Zoo-Eingang vermeiden und unverzüglich in den Zoo hineingehen.

«Also, wenn ihr denkt, ich flippe noch vor Freude aus, nur weil ein Seehund mit Fischen gefüttert wird, dann kommt ihr aber um ein paar Jahre zu spät», stellte Melissa gleich zu Anfang klar.

Ihre Eltern, Conny und Matthias, schauten sich grinsend an. Das hatten sie auch nicht von angehenden Teenagern erwartet.

«Ist verstanden, Große», meinte der Vater besänftigend. «Aber ich möchte dich trotzdem bitten, diesem Tag eine kleine Chance zu geben, schön zu werden.»

«Wenn ihr von vornherein gegen alles seid, dann wird euch auch nichts Gutes begegnen», vervollständigte Conny den Gedankengang ihres Mannes.

«Na, schön, meinetwegen», brummte Melissa. «Was schauen wir als Erstes an?»

«Ich möchte erst zu den Elefantenbabys und danach ins Tigertal», schlug Ronja vor. «Ich habe am Eingang gelesen, dass der Wuppertaler Zoo jedes Jahr Jungtiere hat. Gerade haben sie wieder zwei kleine Tigerbabys, die von Hand aufgezogen werden, weil die Mutter sie nicht selber versorgt.»

«Ihr könnt ja mit meinem Smartphone ein paar schöne Fotografien machen, Melissa. Dann können wir Tante Henriette zeigen, was wir alles angeschaut haben.»

Der Vater wusste genau, womit man Melissa ködern konnte. Die ältere der beiden Schwestern war eine ausgesprochene Liebhaberin von Tierfotografien. Sofort stellte sich ein Lächeln in ihrem sommersprossigen Gesicht ein. Auch Ronja war sehr interessiert an Tieren und Naturschutz. Sie war zwei Jahre jünger als ihre Schwester und hatte hellblonde lange Haare und leuchtend blaue Augen. Wenn sie lächelte, konnte keiner ihrem Charme widerstehen. Aber wehe, sie entdeckte eine Ungerechtigkeit oder war anderweitig schlecht gelaunt. Dann ging man ihr besser aus dem Weg.

Ihre Tante Henriette war nicht mitgekommen in den Zoo, weil sie zu gebrechlich und schwach für die steilen Fußwege in der weitläufigen Zoo-Anlage geworden war. Das Laufen fiel ihr schwer und die Geduld der Teenie-Mädels wurde durch ihre langsame, umständliche Art schon in der Wohnung extrem herausgefordert. Ronja und Melissa wussten selbst nicht mehr so recht, was sie mit Tante Henny noch anfangen sollten.

Ronja stürmte voraus, als sie den richtigen Weg erspäht hatte.

Übermütig tollten die beiden kleinsten Elefanten durch das Gehege, bliesen mit ihren Rüsseln unbefangen

Sand gegen die ausgewachsenen Tiere der Herde und zerwühlten die Heuwanne. Selbst Melissa musste den zusammengekniffenen Mund zu einem Lächeln verziehen und schoss einige Aufnahmen mit dem Handy.

«Wisst ihr, dass im Jahre 1950 schon mal ein Elefant Schwebebahn gefahren ist?», fragte der Vater seine Töchter.

«Quatsch. Du willst uns wohl auf die Schippe nehmen!»

«Doch. Damals buchte die Wuppertaler Bahn einen Zirkuselefanten namens Tuffi, den sie zu Werbezwecken in einem eigenen Schwebebahn-Abteil mitnahmen. Aber das Tier geriet so in Panik, dass es die Seitenwand des Waggons durchbrach und vor den Augen der anwesenden Zeitungsreporter in die Wupper hinabstürzte.»

«Oh nein», Ronjas Augen blitzten zornig auf. «Wie kann man nur! Und was ist dann passiert?»

«Der Elefant stürzte etwa zehn Meter tief und kam im schlammigen Flussgrund mit einer Schramme am Po noch mal glimpflich davon.»

«Gruselig», empörte sich die Naturschützerin Ronja. «Ein Zootier sollte man sicher nicht mit der Schwebebahn transportieren.» Ihre beiden französischen Zöpfe flogen wild durch die Luft.

Die Unglücksstelle, wo der Elefant aus dem Wagen sprang.

Melissa schmunzelte. «Lasst uns weitergehen zum Tigertal. Seit wir das letzte Mal hier waren, ist viel umgebaut worden, um den Tieren einen möglichst artgerechten Lebensraum zu schaffen. Das möchte ich mir gerne ansehen.»

«Der Wuppertaler Zoo bemüht sich zusammen mit anderen Tiergärten weltweit, den Bestand der sibirischen Tiger von kritischen 500 Tieren wieder anzuheben. Dazu werden ausgefeilte Zuchtprogramme ausgeführt und die ausgewachsenen Jungtiere untereinander wieder getauscht, um gesunden Nachwuchs zu bekommen», erklärte Conny.

«Werden die sibirischen Tiger dann auch irgendwann wieder zurück in die Natur ausgesetzt?», fragte Ronja kritisch. «Ein Leben hinter Gitterstäben ist ja auch nicht so toll.»

«Ja, das ist letztendlich das Ziel. Aber die Gefahren für den Amurtiger sind vielfältig», begann Matthias.

«Warum sagst du Amurtiger?», hinterfragte Melissa sofort.

«Weil der sibirische Tiger am Fluss Amur lebt, was ihm diesen Zweitnamen eingebracht hat. Wilderer bedrohen seine Nahrungsgrundlage, indem sie die Hirsche in den Waldgebieten der Tundra unkontrolliert schießen. Aber auch die Amurtiger selbst werden geschossen, weil man ihre Knochen für sehr viel Geld nach China verkaufen kann. In der so hochgelobten traditionellen chinesischen Medizin werden oft die vom Aussterben bedrohten Tiere zu Tabletten und Pulver verarbeitet, um den Menschen übernatürliche Heilung zu gewähren.»

«Tja, da sieht man mal wieder, dass der Mensch eigentlich das schlimmste Raubtier auf der Erde ist», regte sich Ronja auf.

Tigertal, Zoo Wuppertal.

Eilig liefen Melissa und Ronja los und erklommen im Sturmschritt den steilen Anstieg zur Raubtieranlage. Schon von Weitem erblickten sie die erwachsenen Großkatzen in dem weitläufigen Außengehege. Das Tigertal war eine gelungene Landschaft, die zumindest ein bisschen den Anschein erweckte, der freien Wildbahn nachempfunden zu sein. Die Tiere tigerten ungeduldig zwischen Büschen hin und her, während sie hungrig auf ihre Fütterung warteten.

«Das Tigerbaby wird bestimmt noch im Haus gehalten, wenn es erst wenige Wochen alt ist», vermutete Melissa.

«Lass uns den Tierpfleger dort fragen», schlug Ronja vor.

Ein breitschultriger Mitarbeiter im grünen Overall mit dem Aufdruck des Wuppertaler Zoos an der Brusttasche stand vor dem Tigerhaus und hantierte am Schloss. Der Eingang schien für den Publikumsverkehr verschlossen zu sein.

«Kann man das Tigerbaby schon im Haus besichtigen?», erkundigte sich Matthias, der inzwischen seine Töchter erreicht hatte.

Der Mann fletschte die Zähne, als wäre er selbst ein Amurtiger und dann ergoss sich ein wütender Wortschwall in Russisch auf die Familie. Die wussten gar nicht, wie ihnen geschah, als der Tierwärter furchteinflößend seine Fäuste schüttelte und immer wieder ‹Njet, njet›, also ‹Nein, nein› brüllte.

Arbeitseingang zu den Tigerkäfigen.

«Spinnt der?», flüsterte Ronja verdutzt, als sie eingeschüchtert den Rückzug antraten.

«So eine schlechte Laune schon am frühen Morgen. Also wirklich! Aus dem Teenie-Alter ist der gute Mann doch eigentlich schon herausgewachsen», stichelte ihr Vater.

«Oh, Papa», kreischten beide Schwestern aufgebracht. «Wir haben keine Launen! Merk' dir das!»

Conny sah ihren Mann mit wortlosen Blicken an. Heute Morgen am Frühstückstisch bei Tante Henriette hätte man gut einen anderen Eindruck gewinnen können. Wie in einer dunklen Gewitterwolke hatten Ronja und Melissa Platz genommen und auf alle liebevollen Vorschläge der Tante nur kurz und unfreundlich geantwortet. Wie gut, dass die Fahrt mit der Schwebebahn in den Wuppertaler Zoo sie ein wenig von ihrer Verdrossenheit über den langweiligen Verwandtenbesuch abgelenkt hatte. Conny seufzte unbewusst auf. Sie waren viel zu lange nicht mehr bei Tante Henny gewesen und die hatte sich in der Zwischenzeit enorm zu ihren Ungunsten verändert, sodass sie durchaus die Klagen ihrer Töchter verstehen konnte. ‹Aber man kann doch nicht nur in den guten Zeiten von einem Menschen profitieren und in den schlechten Jahren diesen dann im Stich lassen›, hatte sie bei sich gedacht.

Die Familie schlenderte weiter. Am Tigertal vorbei zu den anderen Tierhäusern für die Pinguine, Menschenaffen und zu den Papageien-Volieren. Sie wollten aus Rücksicht auf Tante Henny nur den Vormittag im Wuppertaler Zoo verbringen, um zum Mittagessen wieder bei ihr zurück zu sein.

Als sie schon fast den Ausgang erreicht hatten, blieben die Mädchen verdutzt stehen. An einem abgelegenen Wareneingang lud doch ihr unfreundlicher Tierpfleger von vorhin einen großen Transportkäfig in einen weißen Lieferwagen mit der Aufschrift ‹Bauleistungen Knoll›. Der grimmige Typ nahm sie zum Glück nicht wahr, nur sein Kumpel in einer grauen Bauarbeiterhose mit einer dicken karierten Thermojacke blickte kurz zur Familie Fuchs auf.

Ohne zu wissen warum, verdrückte sich die Fuchs-Familie sofort hinter die breiten Baumstämme einer Platanenallee, während sie die Szene weiter beobachteten.

Dann stieg der blonde Fahrer des Lieferwagens auf den Fahrersitz und der russisch sprechende Tierpfleger nahm neben ihm Platz. Die beiden schienen sich problemlos verständigen zu können. Denn nun ließ der Fahrer den Motor an und lenkte das Fahrzeug eilig aus dem Zoo hinaus auf die Straße. Dort fuhr der Lieferwagen mit überhöhter Geschwindigkeit und quietschenden Hinterreifen davon. Vom Gesicht des Fahrers hatten sie nicht viel sehen können, denn eine blaue Schirmmütze und die spiegelnde Sonnenbrille verdeckten den größten Teil.

«Merkwürdig. Warum transportieren die einen Tierkäfig durch eine Baufirma?», wunderte sich Melissa laut.

«Vielleicht war der Käfig ja defekt und musste zur Reparatur», versuchte Conny eine Erklärung zu finden, die sie jedoch selbst nicht so ganz überzeugte.

«Na, ich weiß nicht. Hört sich nicht sehr plausibel an», entschied der Vater Matthias und Conny stimmte ihm zu.

«Kommt, lasst uns heimgehen. Tante Henriette wartet sicher schon mit einem richtig leckeren Mittagessen auf uns. Das wollen wir doch nicht verpassen.» Mit diesen Worten trieb die Mutter ihre Familie zum Aufbruch an.

Auf eigene Faust unterwegs

Mit einem strahlenden Lächeln öffnete Tante Henny die Tür. Angesichts von so viel überschwänglicher Herzlichkeit meldete sich Ronjas schlechtes Gewissen, dass sie den Tag so schlecht gelaunt und miesepetrig begonnen hatte. Der Großtante schien es viel zu bedeuten, dass sie ihre Nichte Conny mit deren Familie zu Gast haben durfte. In Ronja kamen wieder tolle Erinnerungen von wilden Versteckspielen und Kissenschlachten in der alten, gediegenen Wohnung hoch. Oder an gruselige Ausflüge auf den knarrenden Holzbalken im Dachboden, endlose Mensch-ärgere-dich-nicht-Runden und an das spannende Vorlesen, als sie selber noch ein Kindergartenkind war. Oder an die ausgiebigen Zoo-Besuche, die den beiden Mädchen jedes Mal ein neues Plüschtier aus dem Zoo-Shop beschert hatten. Ronja beschloss, sich mehr Mühe zu geben, nett zur Tante zu sein.

Plötzlich spürte sie, wie die Tante ihr auf einmal einen Zehn-Euroschein zusteckte. Sie zwinkerte den beiden Kindern mit dem Portemonnaie in der Hand zu. «Damit ihr euch etwas Schönes in Wuppertal kaufen könnt.»

Ronja freute sich, aber Melissa sagte, um Ehrlichkeit bemüht: «Aber Tante Henny. Du hast uns doch schon gestern bei unserer Ankunft Geld geschenkt.»

«Was sagst du da, Maike!», regte sich die Tante mit

ungewohnter Heftigkeit auf. «Das habe ich natürlich nicht getan. Ich bin doch nicht deppert. Das wirst du mit eurem letzten Besuch bei mir verwechseln. Ich weiß doch wohl noch selber, was ich getan habe und was nicht!»

Melissa stand mit offenem Mund da. Sie hieß erstens nicht Maike und zweitens konnte sie den Geldschein vom Vortag sogar in ihrer Hosentasche spüren. Sie hatte sicher keine Erinnerungslücken wie offensichtlich ihre Tante. Ärger stieg in ihr hoch, da sie sich wie ein kleines Kind behandelt fühlte.

Conny machte eine beschwichtigende Geste in ihre Richtung und ermahnte sie pantomimisch, den Mund zu halten.

Ronja musste sich ein Grinsen verkneifen, als die Tante nun tatsächlich auch in Melissas widerwillig geöffnete Hand einen Geldschein platzierte. Wer würde denn angesichts so einer Großzügigkeit Streit anfangen wollen, dachte die Jüngere pragmatisch.

Die Ältere schaute fragend zu ihrer Mutter hoch, ob sie das Geld annehmen dürfe. Conny nickte ihr kurz zu und die Situation entspannte sich.

Tante Henriette strahlte über das ganze Gesicht, als die Mädchen ihr dankend um den Hals fielen. Sie tat ihren Großnichten doch so gerne etwas Gutes, wenn sie schon die Mädels so selten sah. Dann verschwand sie in der Küche, um das Mittagessen aufzutragen.

Melissa stupste Ronja heimlich an. «Du, lass uns nach dem Essen verschwinden und alleine was unternehmen. Ich halte das Ganze hier nicht mehr aus», schlug sie vor.

«Ich bin dabei», erwiderte Ronja, der es auch vor dem langweiligen Nachmittag graute. Aber, ob sie den Wunsch, gleich schon wieder abzudüsen, erlaubt bekämen?

Gemeinsam schlichen sich beide mit unschuldigen Mienen an Matthias ran, den man in solchen Punkten besser überreden konnte.

«Du, Papa, dürfen wir nach dem Essen noch mal los?», blinkerte Ronja um Verständnis bettelnd.

«Ein bisschen Schwebebahn fahren und die Stadt mit unserem Tagesticket von oben ansehen», ergänzte Melissa.

«Hm, ich weiß nicht. Schließlich sind wir hierher gefahren, um Beziehung mit Tante Henriette zu pflegen, und sie hat sich so auf euch beide gefreut. Da ist es keine gute Idee, wenn ihr zwei gleich wieder abzwitschert.»

Ronja und Melissa wollten gerade auf sturen Protest umschalten, als Conny unerwartet ihren Mann umstimmte.

«Ach, lass sie doch, Matthias. Das Tantchen legt sich nach dem Mittagessen bestimmt hin und ruht sich aus. Wir beide machen die Küche fertig und nachher am Nachmittag hat Tante Henny dann viel mehr von zwei gut gelaunten Kindern, die in der Zwischenzeit etwas Schönes erlebt haben.»

Melissa konnte einen spontanen Jubelschrei gerade noch unterdrücken, denn in diesem Moment kehrte

Tante Henriette mit den dampfenden Schüsseln zurück.

«Bitte alle Platz nehmen. Ich hoffe, ihr esst Ente mit Rotkohl und Klößen heute noch genauso gern wie früher.»

Ronja lächelte Tante Henny begeistert an und überlegte insgeheim, wie lange das schon zurückliegen musste. Inzwischen war sie nämlich unter die Veggies gegangen und versuchte sich ausschließlich vegetarisch zu ernähren. Auf einmal spürte Ronja, wie ein dicker Kloß in ihrem Hals hochstieg. Wie viel Liebe und Mühe hatte sich ihre betagte Tante mit diesem aufwendigen Menü gemacht. Da steckte so viel Zuneigung drin. Und wie krass war es zugleich, dass Tante Henriette hauptsächlich in den alten Erinnerungen zu leben schien und die aktuellen Veränderungen nicht mehr abspeichern konnte. Auch das aufbrausende Verhalten von vorhin war Ronja neu an ihrer geliebten Tante. Früher war sie immer die Geduldigste und Nachsichtigste gewesen, egal wie wild und laut die Kinder durch ihre Wohnung getobt waren.

«Leben eigentlich immer noch so viele Roma-Familien in Wuppertal?», fragte Conny, die sich an eine riesige Großfamilie mit mehreren Generationen unter einem Dach in Sonnborn erinnerte.

«Ja, daran hat sich nichts geändert. Aber sie haben es schwer. Oft bleiben sie jahrzehntelang Asylsuchende und können dadurch keine Arbeit bekommen oder vernünftig Deutsch lernen», erklärte Tante Henriette. «Sie sprechen ihr Romani, das wir nicht verstehen. Manchmal ist ganz schön Spannung in der Luft, weil die Bevölkerung ihnen schnell die Schuld für Straftaten gibt, die sich in der Stadt ereignen.»

«Man sollte Menschen grundsätzlich nie vorverurteilen. Das finde ich mies», mischte sich Melissa ein.

«Wie sehen Roma eigentlich aus, Mama?» Ronja konnte sich nicht erinnern, schon mal mit einem Menschen dieser Herkunft zu tun gehabt zu haben.

«Meist sind sie dunkelhaarig und haben wunderschöne braune Augen. Früher sagte man auch Zigeuner zu ihnen, was jedoch sehr abfällig klingt heutzutage. Aber ich mag es nicht, wenn sie so kunterbunte, abgerissene Klamotten tragen.»

«Na ja, wenn sie nur wenig Geld haben …», verteidigte Melissa die Roma.

Nach der Mahlzeit entschuldigte sich Henriette mit den Worten: «Ich lege mich für ein Stündchen aufs Ohr. Irgendwie bin ich heute völlig erschöpft von dem ganzen Kochen.»

Conny blickte ihre alte Tante liebevoll an und bestärkte sie in ihrem Vorhaben. «Das mach' mal. Matthias und ich räumen die Küche auf und die Kinder fahren mit der Schwebebahn in die Stadt. Wenn du fertig ausgeruht hast, sehen wir uns alle vergnügt wieder.»

Dankbar nahm die Tante das Angebot an und suchte umständlich in ihrer Schürze. «Wo hab' ich es denn …?»

«Was suchst du?», fragte Ronja hilfsbereit.

«Meine Börse. Ich will euch beiden doch ein bisschen Geld mitgeben für ein Eis oder ein Getränk.»

«Aber Tantchen. Du musst uns doch nicht dauernd Geld schenken», versuchte Melissa sie zu bremsen.

«Doch, doch. Ich kann mich nicht erinnern, dass ich euch schon was gegeben habe. Also kommt her, ihr lieben Mädchen, und macht mir die Freude, ein dickes Eis auf meine Kosten zu essen.»

Mit diesen Worten gab Tante Henny abermals beiden Schwestern einen Geldschein. Conny zwinkerte ihren Töchtern verschwörerisch zu. ‹Zettelt bloß keinen erneuten Streit an›, schien ihr Blick zu bedeuten.

Ronja und Melissa griffen höflich dankend zu und machten sich schnell davon.

«Aber mein Handy steckt ihr wenigstens noch ein. Falls was ist», rief Matthias ihnen hinterher. «Und seid pünktlich zum Kaffeetrinken wieder da.»

«Ja, Papa.» Schon waren die Fuchs-Mädchen aus der Tür. Mit Handys hatten sie es nicht so im Gegensatz zu ihren Klassenkameraden und zumindest im Urlaub konnten sie völlig ohne auskommen. Deshalb musste der Vater ihnen auch seins quasi aufdrängen. Die schwere Außentür fiel krachend zu, als die Schwestern zur Station stürmten.

*****

Quietschend fuhr gerade eine orangefarbene Schwebebahn in den Sonnborner Bahnhof ein. Diese würde sie die 13 Kilometer durch die Stadt bis zur Endstation in

Oberbarmen bringen.

Ronja und Melissa stiegen schnell ein. Das Wackeln der Waggons beim Hineinklettern ignorierten sie mit ein bisschen Routine inzwischen. Dann legte sich der Zug in die Kurve und die Wagen pendelten sachte mit. Den Beginn der sehenswerten Wasserstrecke, die unmittelbar über dem Fluss Wupper verlief, würden sie ab der Zoo-Station erreichen.

Doch da ertönten auf einmal mehrere Polizeisirenen zugleich und etliche Fahrzeuge jagten mit Blaulicht in rascher Geschwindigkeit den steilen Zoo-Berg hinauf.

«Los, Melissa, lass uns aussteigen! Da scheint was Spannendes abzugehen», drängte Ronja ihre Schwester. Schon zog sie diese am Ärmel in Richtung Ausstieg und beide verließen spontan die Bahn, als diese in der Zoo-Station eingefahren war.

Haltestelle Schwebebahn «Zoo/Stadion»

Ein geistesgegenwärtiger Bluff

Keuchend rannten die beiden Schwestern den steilen Weg zum Zoo hinauf. Vor sich sahen sie das flackernde Blaulicht mehrerer Polizeistreifen, die am Straßenrand geparkt hatten. An einem Wareneingang wurden sie von einer Polizei-Absperrung aufgehalten. Zwei Männer von der Spurensicherung untersuchten Reifenabdrücke auf dem unbefestigten Weg.

«Entschuldigung», sprach Ronja einen herumstehenden Polizeibeamten an. «Was ist denn passiert?»

«Darüber darf ich dir keine Auskunft geben. Bitte geh weiter, Kleine. Stör uns nicht bei der Arbeit.»

Wenn man eines nicht tun durfte, dann war es, Ronja mit ‹Kleine› anzureden. Wütend richtete sie sich zu ihrer vollen Größe auf und entgegnete dem Mann schroff: «Ich verlange, dass Sie mich und meine Schwester sofort zu dem Ermittlungsleiter durchlassen. Wir sind wichtige Zeugen!»

Melissa erstarrte zur Salzsäule. Was war auf einmal in Ronja gefahren? Die benahm sich ja mega-peinlich, so plump die Polizisten mit ihrer übergroßen Neugier zu belästigen. Dabei hätte es Melissa doch auch interessiert, was hier vor sich ging, und sie hätte sich sehnlichst gewünscht, einen klitzekleinen Ferienfall für dieses öde Wuppertal-Wochenende aufzutreiben. Aber deshalb so skrupellos zu bluffen und die Ermittlungen stören, hätte

Melissa sich nie getraut.

«Aber Frechheit siegt anscheinend immer», brummte die Ältere zu sich selbst, als der Beamte antwortete.

«Was wollt ihr denn schon beobachtet haben? Ihr seid doch eben erst angelaufen gekommen!»

«Das möchte ich lieber Ihrem Chef erzählen», wies Ronja ihn großspurig ab. «Aber wie Sie an unserem abgestempelten Tagesticket sehen, waren wir schon am frühen Morgen hier im Zoo und haben gerade an diesem Ausgang etwas sehr Merkwürdiges beobachtet.» Ronja wedelte mit ihrem Kombi-Ticket vor der Nase des Beamten.

Auf einmal verstand Melissa, in welch sonderbaren Bahnen Ronjas Gedanken kreisten. Warum war sie nicht selber darauf gekommen!

Der Polizist gab nach und ließ sie unter der Absperrung durchkriechen.

Ein unscheinbarer, älterer Mann in Zivil übernahm die beiden Fuchs-Mädchen und führte sie an der Spurensicherung vorbei in den Zoo. Auf einer Parkbank nahmen sie alle drei Platz. «So, so, ihr seid also Ronja und Melissa Fuchs und habt heute Vormittag an diesem Eingang etwas Auffälliges bemerkt», eröffnete der Ermittlungsleiter das Gespräch.

Ronja nickte eifrig und hakte gleich nach. «Wenn wir brauchbare Informationen für Sie haben, würden Sie uns dann freundlicherweise auch erzählen, was hier genau vorgefallen ist.»

Melissa wäre angesichts so einer derben Dreistigkeit am liebsten im Erdboden versunken.

Die Antwort des Kommissars fiel entsprechend aus. «Mein Kind, wir spielen hier nicht Kuhhandel miteinander. Du musst mir alles erzählen, was du weißt, oder deine Eltern können für das Zurückhalten von Informationen belangt werden. Und wenn ihr nichts Relevantes gesehen habt, dann verschwindet ihr besser augenblicklich von diesem Tatort», wies der Mann sie kühl ab.

Melissa beschloss, ihrer vorlauten Schwester dazwischenzufunken, um den drohenden Rausschmiss aus dem Zoo und aus dieser Unterredung abzuwenden. «Hat es mit den sibirischen Tigern zu tun?», fragte sie beschwichtigend. «Wir hatten nämlich heute Morgen eine echt gruselige Begegnung mit einem fremdsprachigen Typen in Zoo-Bekleidung am Tigerhaus. Dieser Mann hat später genau an diesem Wareneingang einen Transportkäfig in einen Lieferwagen eingeladen.» Melissas Augen erforschten das Pokergesicht ihres Gegenübers. Leuchtete da nicht Interesse in den grauen Augen auf?

«Erzähle mir mehr von diesem Mann. Wie sah er aus und was hat er genau getan?»

Abwechselnd berichteten Ronja und Melissa von dem seltsamen Verhalten dieses angeblichen Tierwärters, der offenbar nicht der deutschen Sprache kundig war und der sie vom Tigerhaus verscheucht hatte. Aber auch die Beschreibung des weißen Lieferwagens und des zweiten Manns interessierten den Kommissar.

«Könnt ihr euch an eine Aufschrift oder an das Kennzeichen des Wagens erinnern?»

«Ich glaube, irgendetwas mit ‹Bauleistungen Knoll› stand auf der Seite. Aber an das Kennzeichen kann ich mich nicht erinnern. Du etwa, Melissa?», fragte Ronja.

«Ich würde sagen, W für Wuppertal, aber ansonsten ging alles viel zu schnell, um die komplette Nummer zu lesen. Der Fahrer des Wagens trug eine graue Bauarbeiterhose unter einer dicken Arbeitsjacke. Vom Gesicht war nicht viel zu erkennen wegen der Sonnenbrille und der Mütze», berichtete Melissa. «Was albern genug war angesichts dieses neblig-grauen Herbsttages. Außer er wollte absichtlich sein Gesicht verdecken.»

«Na, das war doch gar nicht schlecht. Ihr habt genauer beobachtet, als es die meisten Erwachsenen getan hätten», lobte der Ermittler sie unverhofft.

Das ermutigte Ronja zu einem neuen Vorstoß. Unschuldig lächelnd fragte sie: «Verraten Sie uns jetzt, was genau passiert ist?»

«Nur so viel, wie ihr eh aus den Abendnachrichten erfahren würdet», zwinkerte der Mann ihr zu. «Das sibirische Tigerbaby wurde heute Morgen aus dem Tigerhaus entwendet. Unbekannte haben den zuständigen Tierpfleger niedergeschlagen, entkleidet und in einem Futterhaus eingesperrt. Dadurch fiel der Raub des Tigerbabys erst in den Mittagsstunden auf, als die Schichtablösung zur Arbeit kam.»

«Oh, wow. Wer macht denn so was?», fragte Melissa erschüttert.

«Das sibirische Tigerkind ist zum Erhalt seiner Art wichtig. Die zoologischen Gärten tauschen die erwachsenen Tiere untereinander aus, um Inzucht zu vermeiden. Aber es gibt auch unseriöse Superreiche, die solche Tiere auf dem Schwarzmarkt für ihre Privatzoos gegen extrem hohe Summen aufkaufen. Im schlimmsten Fall sind sie hinter dem Tigerfell und den Knochen her und das Tier hat kein langes Leben bei ihnen.»

Melissa knirschte unbewusst mit den Zähnen und sah Ronja vielsagend an. Freundlich wurden sie verabschiedet und mit stolz erhobenen Häuptern gingen sie auf die Polizei-Absperrung zu, unter der sie sich kurz darauf lässig durch duckten. Sie waren wichtige Augenzeugen und hatten einen neuen Ferienfall!

*****

«Los Ronja, auf geht's, an die Arbeit! Wir müssen unbedingt auf eigene Faust ermitteln», wollte Melissa gleich loslegen.

«Meinst du?» Ronja war ausnahmsweise mal skeptisch. «Viel Zeit bleibt uns nicht, bis wir wieder an Tante Hennys Kaffeetafel eintreffen müssen.»

«Trotzdem. Das ist ein unerhörtes Unrecht an der Weltgemeinschaft. Und außerdem war uns doch grad so langweilig in Wuppertal», erklärte Melissa bestimmt.

«Na gut, aber wir müssen uns extrem beeilen, sonst wird Tante Henny enttäuscht sein, wenn wir uns verspäten. Was sollen wir tun?»

«Wir statten dieser Baufirma mal einen Besuch ab und schauen uns dort um», entwickelte Melissa ihren Plan. «Kein Mensch achtet auf Kinder, die irgendwo herumstrolchen.»

Während sie zur Schwebebahnstation hinunterliefen, suchte Melissa mit dem Smartphone ihres Vaters die Adresse der Baufirma. «Krass. Das habe ich wohl etwas unterschätzt. Die Firma hat drei Niederlassungen, die alle unten im Tal an der Wupper liegen.»

«Na toll, sag jetzt nicht, du willst die alle nacheinander abklappern», stöhnte Ronja, die eine schweißtreibende Suche auf sich zukommen sah.

«So schlimm wird es schon nicht. Wenn die Filialen am Fluss liegen, heißt das, wir können sie problemlos mit der Schwebebahn erreichen. Und die erste Adresse ist so eine Art Musterhaus mit Ausstellung und Beratung. Die können wir uns fürs Erste schenken.»

«Bleiben immer noch zwei Adressen in knapp zwei Stunden», gab Ronja nach einem Blick auf ihre Armbanduhr zu bedenken.

«Für die Rettung des Tigerbabys und seiner ganzen Art sollte uns wirklich kein Opfer zu groß sein.»

«Na gut, ich sag ja gar nicht, dass ich nicht dabei bin. Schließlich war es meine Idee, den Kommissar auszuhorchen», erinnerte Ronja ihre Schwester. «Aber die Polizei wird auch auf die gleiche Idee kommen.»

«Kann schon sein. Trotzdem werden Kinder im

Allgemeinen unterschätzt und vielleicht entdecken wir eher etwas in einer der Filialen, als wenn da uniformierte Beamte auftauchen.»

«Auch wieder wahr», stimmte Ronja zu.

Rumpelnd fuhr eine Schwebebahn über ihren Köpfen in der Station ein. Sie waren an der Zoo-Haltestelle angekommen. Im Eiltempo rannten sie die Treppen hoch, um die Bahn zu erwischen.

«Lass uns systematisch vorgehen», schlug Ronja vor, als sie sich in dem überfüllten Abteil einen guten Stehplatz gesucht hatten. Wir fangen bei der nächstgelegenen Filiale an und arbeiten uns dann so weit vor, wie wir in der verbliebenen Zeit schaffen.»

Melissa war bereits dabei, mit einer Karten-App die richtigen Haltestellen ausfindig zu machen. «Oh Mist, an der ersten sind wir gerade eben vorbeigefahren. Jetzt müssen wir hinterm Hauptbahnhof aussteigen.»

Der Zug folgte dem geschlängelten Verlauf der Wupper. In den Kurven pendelte ihr Waggon entsprechend der Fliehkraft leicht hin und her, sodass die Mädchen mal in die eine, mal in die andere Richtung gedrückt wurden. Tief unter sich sahen sie alte Industriegebäude, mit Graffitis verzierte Mauern und die qualmenden Schornsteine einer Chemiefabrik. Unglaublich, dass aus dieser Höhe einst ein Elefant aus der Schwebebahn gesprungen war und den Sturz ohne ernsthafte Verletzungen überlebt hatte. Die olivgrünen Brückenpfeiler waren für jeden Streckenverlauf individuell entworfen und gebaut worden und bezeugten die Genialität der Bauingenieure aus dem Jahre 1901.

Gedankenverloren starrten beide nach draußen. Was sie wohl an der ersten Niederlassung der Baufirma Knoll erwarten würde?

Ronja war vom Jagdfieber ihrer Schwester angesteckt worden. Der Tag hatte so zahm bei Tante Henriette im Sonnborner Stadtteil begonnen, dass es sie schon gegraust hatte. Aber nun schien doch etwas abzugehen in Wuppertal.

Schwebebahn

Nur eine Rangelei unter Schulkindern?

Beim nächsten Halt wurde es richtig voll in der Schwebebahn. Eine aufgeregt plaudernde Pfadfindergruppe quetschte sich in ihr Abteil. Anscheinend kehrten die Kinder von einem Ausflug zurück. Ronja und Melissa wurden von allen Richtungen gedrückt und geschubst, was aufgrund der Enge kaum zu vermeiden war. Unterschiedlichste Sprachfetzen aus Türkisch, Griechisch, Serbisch und Italienisch drangen an ihre Ohren. Wuppertal hatte einst viele Gastarbeiterfamilien aufgenommen, als man in den Fabriken händeringend Arbeiter gesucht hatte. Die Stadtbevölkerung setzte sich aus vielen Nationalitäten zusammen. Tante Henriette hatte immer erzählt, dass das Zusammenleben der verschiedenen Kulturen in ihrer Stadt eigentlich ganz gut funktioniere. Dennoch gab es fremdenfeindliche Vorurteile, besonders gegen die sesshaft gewordenen Roma und Sinti, die reichlich in Wuppertal vertreten waren. Wahrscheinlich war den Leuten insgeheim ihr zahlreiches Auftreten in der Öffentlichkeit in großen Familienclans unheimlich.

Melissa wurde von einer Gruppe frech grinsender Jungen bedrängt. Mussten die denn so schubsen und sich extra albern in die Kurven legen, wenn die Schwebebahn quietschend einen Schlenker machte? An der nächsten Station machten sich die meisten zum Ausstieg am Hauptbahnhof bereit. Melissa tastete sicherheitshalber nach ihrem Handy in dem Außenfach ihrer Umhängetasche.

Das Fach war leer. Ihr wurde übel vor Schreck. Das teure Smartphone ihres Vaters war verschwunden und tauchte auch an keiner anderen Stelle ihrer Tasche auf.

Zwei dunkelhaarige, dünne Jungen riefen ihr in einer anderen Sprache eine hämische Bemerkung zu. Dann sprangen die beiden Schüler grinsend aus dem schaukelnden Zugabteil heraus und verschwanden in der Menschenmenge. Sie sahen identisch aus und waren auch gleich groß. ‹Freche Zwillinge›, dachte Melissa.

«Ronja, schnell, hinterher», brüllte sie in der Hoffnung, dass diese ihr sofort folgen würde. «Diese zerlumpten Jungen haben unser Handy geklaut! Die leben doch vom Stehlen!» Dann sprang sie aus dem Zug, gerade als das Warnsignal zum Verschließen der Türen ertönte, und rannte los.

Ronja hielt Schritt. Sie waren durch ihre Abenteuer in der Vergangenheit ein eingespieltes Team und die Verständigung klappte ohne viele Worte. Die Schwestern drängten sich an den langsameren Fahrgästen vorbei und stürmten die Treppen hinunter. Unten in der Bahnhofshalle erspähten sie den dunkelblauen Anorak des einen Jungen, als dieser seinem Bruder Richtung Straße folgte.

«Da sind sie!» Melissa versuchte, den beiden den Weg um die Ecke abzuschneiden, indem sie durch einen Dönerladen rannte. Aber genau in dem Moment wandte sich eine dicke Frau mit ihrem Mittagessen von der Theke zu den Tischen. Melissa rannte in sie hinein. Die Frau ließ durch die Wucht des Zusammenpralls ihre Cola und die Pommes mit Ketchup zu Boden fallen. Schade um das schöne Menü. Melissa fand das Gleichgewicht wieder und rannte aus dem Laden. Zorniges Geschrei schallte den Fuchs-Mädchen hinterher, als diese unbeirrt weiter hasteten und sich mit keinem Blick um die entstandene Sauerei scherten.

Die Jungs einige Meter vor ihnen drehten sich um und peilten dann angesichts der beiden Verfolgerinnen eine abgesperrte Großbaustelle an. Anscheinend kannten sie sich aus, denn zielsicher ignorierten sie sämtliche Verbotsschilder und schlüpften an den richtigen Stellen durch den Bauzaun.

Melissa knirschte vor Wut mit den Zähnen. «Euch zwei krieg' ich!» Sie riskierte einen Blick über die Schulter. ‹Gut so›, denn Ronja war dicht hinter ihr und hatte sich nicht abhängen lassen.

Die Zwillinge verließen die Baustelle auf der anderen Seite und liefen in die Fußgängerpassage der Innenstadt. Anscheinend hofften sie, im dichten Menschengedränge die aufgebrachten Mädchen abzuschütteln. Die Fuchs-Schwestern verringerten den Abstand zu den Jungs, waren sie doch locker zwei bis drei Jahre älter. Einer der Zwillinge war in einen älteren Herrn mit Einkaufsroller hineingerannt. Der Zusammenstoß ließ die Distanz weiter schrumpfen. Sein Bruder wartete auf ihn und als er wieder auf die Beine gekommen war, sausten sie blitzschnell in ein Warenhaus an der nächsten Ecke.

«Ronja, wir teilen uns auf», keuchte die Ältere atemlos. «Jede von uns besetzt einen Ausgang, los, beeil' dich!»

Ronja kapierte sofort. Statt weiter wie die Irren hinter den beiden flinken Buben herzujagen, würden sie einfach die beiden Ausgänge zur Straße überwachen. Blieb nur zu hoffen, dass es innerhalb des Kaufhauses keinen Übergang zum nächsten Geschäft gab.

Melissa lugte vorsichtig durch die elektronische Tür in den Ladenraum und verbarg sich dann hinter einem Kleiderständer im Außenbereich.

Ronja stellte sich an der anderen Schaufensterfront des Kaufhauses vor ein Gestell mit Sonnenbrillen. Dabei tat sie so, als wollte sie eine Sonnenbrille anprobieren. In Wirklichkeit behielt sie in dem kleinen Spiegel zwischen den Brillen den Eingang genau im Blick, um im richtigen Augenblick zuzuschlagen.

Da tat sich was. Verstohlen näherten sich die beiden Jungs von innen der Drehtür.

«Melissa, komm' schnell», rief sie, als die Zwillinge auf der Innenseite von der Drehtür verschluckt worden waren.

Jetzt gab es kein Entrinnen mehr! Die Buben hatten keine Chance auszubüxen. Noch hatten sie die Falle nicht erkannt, die Ronja und Melissa ihnen gestellt hatten. Die Drehtür entließ die beiden Grundschüler auf der anderen Seite auf die Straße.

Sofort waren die Mädchen über ihnen und überwältigten sie mit gekonntem Polizei-Griff.

«Aua, aua, ihr tut uns weh», schrie der eine empört auf, als ihm der Arm auf den Rücken verdreht wurde. Jeder Fluchtversuch machte den Schmerz schlimmer.

Passanten sahen sich verwundert nach dem Gerangel auf den Pflastersteinen um, mischten sich aber nicht in die Auseinandersetzung zwischen den Kindern ein.

«Ihr habt mein Handy geklaut, ihr blöden Diebe», stieß Melissa bebend vor Zorn hervor.

«Autsch. Nein, das haben wir nicht», wehrte sich der eine Zwilling energisch gegen die Verdächtigung.

«Doch, eben in der Schwebebahn und jetzt gebt ihr es mir sofort zurück, sonst rufe ich auf der Stelle die Polizei.» Melissa verstärkte den Druck auf den Arm des Jungen.

Ronja hielt ihr Opfer nicht weniger rabiat fest.

Der schwarzhaarige Junge mit den tiefbraunen Augen war den Tränen nahe, aber die Mädchen ließen nicht locker.

«Wir haben dein Handy nicht», schluchzte er gedemütigt.

Sein Bruder stand ihm bei. Wütend funkelten seine Augen das Mädchen an, das auf seinem Bruder hockte. «Sicher denkt ihr, dass wir es waren, nur weil wir anders aussehen und nicht so sauber gekleidet sind. Immer die alten Vorurteile gegen uns Roma. Ihr tickt doch nicht ganz richtig. Wir haben überhaupt nichts Böses getan, aber immer werden wir für jeden Diebstahl verantwortlich gemacht, der in unserer Nähe geschieht.»

Melissa fühlte sich ratlos. Sie wusste nicht mehr, was sie glauben sollte. ‹Bestimmt wollen diese unverschämten Jungen uns nur austricksen, damit wir sie laufen lassen›, dachte sie misstrauisch.

Da hatte Ronja eine gute Idee. «Wir durchsuchen eure Rucksäcke und die Taschen in euren Kleidern, hört ihr», ordnete sie an. «Warum seid ihr vor uns weggelaufen, wenn ihr nicht ein schlechtes Gewissen hattet?»

Der Zwillingsbruder lenkte ein und gab zu. «Wir haben euer Handy nicht geklaut, aber wir wissen, wer es genommen hat.»

«Das könnte euch so passen», schimpfte Melissa erbost über den Zeitverlust, den sie für ihre eigentlichen Ermittlungen erlitten hatten, und bestand auf einer genauen Durchsuchung.

Beschämt ließen die beiden Jungen alles über sich ergehen. Es war eine riesige Schmach für sie, von zwei Mädchen überwältigt und gefilzt zu werden. In ihnen kochte es. Doch kein Handy kam zum Vorschein. Die Zwillinge hatten offensichtlich nicht zugelangt. Aber anscheinend wussten sie etwas über den wahren Dieb.

Melissa lockerte ihren Griff ein wenig. «Sagt augenblicklich, wer mein Handy hat und wo ich diese Person finde.»

Der eine Roma-Junge begann zu sprechen. «Lennox hat es. Ich habe dir sogar in der Schwebebahn zugerufen: ‹Pass auf dein Handy auf›.»

«Mit mir musst du aber Deutsch reden und nicht

Zigeunerisch», ulkte Melissa versöhnungsbereit, die die Szene vor ihren Augen erneut Revue passieren ließ. «Ich habe gedacht, du machst dich auch noch über mich lustig.»

«Sorry, wenn ich aufgeregt bin, wechsle ich oft unbewusst in meine Muttersprache, ohne es zu bemerken. Zuhause reden wir Romani.»

«Romani?», hakte Melissa nach.

«Ja, aber Zigeuner sagt man nicht, das ist ein Schimpfwort. Wir sind Roma aus Polen und wir leben schon lange hier in Wuppertal.»

«Seid ihr Zwillinge und wie heißt ihr zwei überhaupt?», erkundigte sich Ronja.

«Ich bin Pablo und der da heißt Andrej.» Spitzbübisch lächelnd stellte er sich vor. «Ja, wir sind Zwillinge. Ladet ihr uns auf ein Eis ein, wenn wir euch verraten, wo Lennox wohnt?»

«Ohne uns kriegt ihr das nie heraus», verhandelte sein Bruder nicht weniger geschäftstüchtig.

«Ihr seid nicht in der Position, eine Belohnung herauszuschlagen, so lange ihr uns nicht harte Fakten liefert», wiederholte Melissa sinngemäß die Worte des grauhaarigen Kommissars. Kühl wies sie die beiden Grundschüler in ihre Schranken.

Die beiden Jungs blickten sie grimmig an.

«Aber vielleicht ist eine kleine Entschuldigung drin für die verrenkten Schultern.» Ronja gab sich lockerer als ihre Schwester, um durch Freundlichkeit endlich zum Ziel zu kommen und die harte Schale der Zwillinge zu knacken. «Dafür müsst ihr uns aber auch zu Lennox führen, okay?»

Das Eis war gebrochen und die Jungen nickten zustimmend.

Dann schlenderten die Vier zu einem Café und die Schwestern gaben eine Eiswaffel für jeden aus. Geld von der Tante hatten sie ja genug.

Beim Weitergehen beratschlagten sie, was als Nächstes zu tun war. Das Handy des Vaters musste unbedingt wieder zurückgeholt werden. Aber der Fall des geraubten Tigerbabys brannte den Mädchen auch unter den Nägeln. Die polnischen Roma-Jungen machten so einen pfiffigen Eindruck auf die Fuchs-Schwestern, dass sie spontan entschieden, die Zwillinge in ihren Ferienfall einzuweihen. Vier Köpfe brüteten miteinander, wie sie in der Kürze der verbliebenen Zeit möglichst effektiv vorgehen konnten.

Wie sie es auch hindrehten, es gab nur eine optimale Lösung, und die wurde von den vier Kindern nach einer kurzen Beratung auch gewählt. Sie mussten sich aufteilen.

Auf getrennten Wegen durch Wuppertal

Ronja und Pablo fuhren mit der Schwebebahn einige Stationen zurück, bis sie an der Haltestelle der ersten Bauniederlassung ausstiegen. Vom Bahnhof folgten sie einer wenig befahrenen Straße in ein Industriegebiet am Ufer der Wupper. Ein Hinweisschild mit dem Schriftzug der gesuchten Firma zeigte auf einen Schotterweg, der die Zufahrt zu dem Firmengelände darstellte.

Zwei Meter hohe Bauzäune sicherten das Areal vor Einbruch, das sich bis unmittelbar an das stark verwilderte Flussufer der Wupper erstreckte. Außerhalb des Firmengeländes wechselten sich Brennnesselfelder mit dornigen Büschen ab und wurden nur gelegentlich von einem Brückenpfeiler der Schwebebahnkonstruktion unterbrochen. Ein kleiner Trampelpfad für die Arbeiter der Wuppertaler Brücken- und Schienenwartung und zerbrochene Bierflaschen von Obdachlosen, die im Sommer hier übernachteten, waren die einzigen Spuren von anderen Menschen.

Die Kinder überlegten einen Moment, wie sie sich dem Bauhof am unverfänglichsten nähern konnten. Es gab keinen weiteren Eingang in das eingezäunte Gelände, sodass sie schließlich vorsichtig den Schotterweg entlangliefen, der sie einige Meter vom Wupperufer wegführte.

Die Firma wirkte am frühen Nachmittag recht verlassen. Einige wenige Baufahrzeuge standen herum und aufgeschüttete Berge von Sand sowie Betonstahlmatten warteten auf ihren Abtransport. Die meisten Arbeiter waren wohl auf den Baustellen beschäftigt. Ein flacher Bungalow mit einer Vortreppe wies sich als Zentrale der Firma aus. Davor war ein schwarzer Mercedes geparkt, in dem ein junger Fahrer mit glattrasierter Glatze saß und wartete.

In diesem Augenblick traten zwei Männer aus dem Firmengebäude. Schnell duckten sich Ronja und Pablo hinter einen Bagger, um nicht entdeckt zu werden.

Es waren zwei bekannte Gesichter. Ronja pfiff durch ihre Zähne und stieß dann Pablo in die Seite: «Die beiden Typen aus dem Zoo!»

Dort standen der vermeintliche ‹Tierpfleger› vom Tigerhaus und der Fahrer des weißen Transporters, den die Familie Fuchs am Wuppertaler Zoo beobachtet hatte. Sie waren in eine Unterhaltung vertieft.

Der Mann hatte den grünen Zoo-Overall gegen eine schwarze Lederjacke und Blue Jeans eingetauscht. Mit den Tätowierungen über den Fingerknöcheln und den vielen Goldketten sah er wie der Türsteher eines Nachtklubs aus, er wirkte gewaltbereit und ohne Skrupel.

Der Mitarbeiter der Baufirma hatte bis auf die Sonnenbrille die gleichen Arbeitsklamotten an wie heute Morgen. Ein paar unverständliche Wortfetzen wurden dem jungen Mann in der Limousine mit befehlender Stimme zugeworfen, der daraufhin den Motor startete.

Für Ronja klang es wie Russisch oder eine andere osteuropäische Sprache, aber ganz sicher war sie nicht. Die beiden Männer vor dem Gebäude verabschiedeten sich voneinander. Der Bauarbeiter ging wieder ins Haus zurück, der Türsteher stieg ein. Dann raste das Auto in einer großen Staubwolke davon.

Pablo hatte reaktionsschnell sein Handy hinter dem Bagger hochgehoben und durch die Fensterscheibe hindurch ein Foto vom Nummernschild des Wagens gemacht. Aufgeregt flüsterte er Ronja ins Ohr: «Ich glaub', ich weiß, wo die zwei hinwollen.»

«Woher willst du das wissen?»

«Der Mann sagte auf Russisch, ‹Wir gehen›, ‹Katze› und ‹Bier›. Und ich weiß genau, was er damit gemeint hat!» Pablo lachte sich ins Fäustchen. Er fühlte sich mit seinen Ortskenntnissen eindeutig überlegen.

Entsprechend mürrisch fiel Ronjas Antwort aus. «Willst du mich veräppeln oder was?»

«Es gibt hier ganz in der Nähe eine alte Bierbrauerei, die stillgelegt worden ist. Sie steht leer und soll bald abgerissen werden. Das ist doch der ideale Ort, um eine ‹Katze›, also das Tigerbaby zu verstecken.»

«Und das willst du alles verstanden haben? Auf Russisch?» Ronja war es nicht recht, von einem Jüngeren belehrt zu werden. «Deine Fantasie geht wohl mit dir durch.»

«Nein. Wir benutzen im Polnischen manche Worte genau wie auf Russisch. Deshalb konnte ich den Mann gut verstehen. Wie geht's jetzt weiter?»

Nervös schaute Ronja auf ihre Uhr. Viel Zeit blieb ihnen nicht, bis sie wieder zurück bei ihren Eltern und Tante Henriette sein musste. Hoffentlich konnten sie wenigstens eine klitzekleine Fährte zu dem geraubten Tigerbaby aufnehmen. Aber das Auto mit dem Hauptverdächtigen war ja weggefahren. Es war sicher keine gute Idee, sich auf eine direkte Konfrontation mit dem Russen in der alten Bierbrauerei einzulassen. Aber Ronja wünschte sich so sehr einen Erfolg für ihre Ermittlungen, dass sie unvorsichtig wurde. «Wir schauen uns zuerst hier etwas um. Wir huschen die Treppe hoch und versuchen ins Gebäude hineinzukommen. Vielleicht können wir etwas mehr über diese Baufirma herausfinden.»

Mit diesen folgenschweren Worten zog sie Pablo hinter sich her und schlich die Treppe zum Firmensitz hoch.

*****

Währenddessen klingelte Melissa mit Andrej an der Eingangstür eines zwölfgeschossigen Hochhauses. Grau und anonym stand es neben weiteren Hochhäusern. Bestimmt 30 Namensschilder gab es hier. Die Gegend sah trostlos aus. Aufgeplatzte Mülltüten lagen auf dem Bürgersteig und Glasscherben zwischen den Spielgeräten eines armseligen Spielplatzes. Aufgesprühte Beleidigungen verunstalteten die Betonwände. Kinder unterschiedlichster Herkunft und Nationalität spielten zwischen den Hochhäusern oder hingen mit ihren Freunden rum. Melissa fröstelte es, als sie begriff, in welcher Umgebung Lennox, aber auch die polnischen Zwillinge, lebten.

Der Summton ertönte und Melissa drückte entschlossen die schwere Haustür auf. In einem nach Zigarettenrauch stinkenden Aufzug fuhren sie bis in die 8. Etage hoch. Nur gut, dass Andrej sich hier bestens auskannte.

Eine unfreundliche Mutter stand in der Tür. «Was wollt ihr? Lennox darf nicht raus.»

«Ich möchte mein Handy zurückhaben. Lennox hat es mir in der Schwebebahn geklaut», verlangte Melissa selbstbewusster, als sie sich innerlich fühlte.

«Lennox, komm sofort her! Kennst du dieses Mädchen?»

Lennox steckte zögerlich seinen Kopf aus der Zimmertür. «Nee, nie gesehen. Ich hab' das Handy nicht von dieser Tussi.»

«Doch. Ich habe genau gesehen, dass du es genommen hast», entgegnete Melissa sofort. Das stimmte streng genommen nicht so ganz, denn Melissa hatte die Tat ja nicht selbst beobachtet. Aber sie wollte nach Möglichkeit Pablo und Andrej aus der Angelegenheit raushalten. Die mussten schließlich auch in Zukunft mit Lennox in eine gemeinsame Schule gehen.

«Hab' ich nicht! Lass mich in Ruhe mit deinen Verleumdungen», stieß Lennox trotzig hervor.

«Das reicht. Verschwindet», sagte die Mutter und

stieß die Tür zu.

Aber Melissa stellte ihren Fuß dazwischen und nickte Andrej zu.

Dieser wandte sich ab und tippte schnell eine Nummer in sein Mobiltelefon.

Da erklang aus Lennox' Zimmer unverkennbar der Klingelton des vermissten Smartphones.

«Das ist mein Handy. Gib es sofort zurück, sonst schalte ich die Polizei ein», schrie Melissa den frechen Grundschüler so laut an, wie sie konnte.

«Nicht so laut, bitte. Psst! Lennox, gib sofort das verflixte Handy heraus und dann geht ihr!» Peinlich berührt schaute sich die Mutter um, ob nicht eine Nachbarin auf das Geschrei reagiert hatte.

Lennox zog beleidigt in sein Kinderzimmer ab und händigte Melissa das teure Handy ihres Vaters aus.

Melissa und Andrej verabschiedeten sich erleichtert. Ihr Trick hatte funktioniert.

«Lass uns schnell runterfahren und uns bei Pablo und Ronja melden.» Melissa wollte nicht eine Minute länger als nötig in diesem muffigen Hochhaus bleiben.

Auf der Straße versuchten sie vergeblich, ihre Geschwister telefonisch zu erreichen. Andrej sprach auf die Mailbox seines Bruders, dann gingen sie wieder zurück zur Schwebebahn.

*****

Leise öffneten Ronja und Pablo auf dem Treppenabsatz der Bauzentrale die Außentür und schlüpften sachte hinein. Im dunklen Flur nahmen sie zwei Männerstimmen wahr, die aus einem der Büros tönten. Ronja las den Namen ‹Knoll Junior› am Türschild des entsprechenden Zimmers. Das musste der Sohn des Firmeninhabers sein. Ob der Vater wusste, was für schräge Typen in der Baufirma ein- und ausgingen? Die Kinder drückten sich eng an die braune Holztür, um besser zu verstehen, was drinnen geredet wurde.

«Ich bin froh, dass der Typ endlich weg ist. Hat ja alles gut geklappt im Zoo!», sagte eine aalglatte Stimme, die sie noch nicht kannte.

«Einwandfrei. Da gibt es gar nichts zu meckern. Der Moskauer hat seine Arbeit im Tigertal ganz allein gemacht, nachdem ich ihm die Örtlichkeiten anhand der alten Baupläne erklärt habe. Kein Mensch hat mich mit ihm zusammen gesehen», schwindelte der Bauarbeiter, den sie beim Zoo gesehen hatten, seinen Chef an. Er sprach mit Akzent, so als wäre er ebenfalls von osteuropäischer Abstammung.

«Das ist auch besser so. Was für ein Glück, dass du ihre Sprache fließend beherrschst! Mir sind die beiden Typen unheimlich, auch wenn sie sehr gut zahlen.»

«Beim Umkleiden hier in der Zentrale konnte ich sehen, dass Dimitri bewaffnet ist. Da täuschen die vielen Goldringe und Ketten nicht darüber hinweg, dass er auch richtig brutal werden kann, wenn es sein muss.»

«Ohne mit der Wimper zu zucken! Hoffen wir, dass

sie das Mistvieh in der alten Brauerei bald außer Landes geschafft haben und wir die letzte Rate für unsere kleine Zusammenarbeit erhalten. Möchte nur wissen, warum sie ausgerechnet ein sibirisches Tigerbaby für ihren Boss in Moskau besorgen müssen.»

Drinnen klirrten zwei Bierflaschen aneinander, als angestoßen wurde. Die beiden Männer waren in Feierstimmung.

Ronja durchfuhr es eiskalt, als ihr bewusst wurde, was ihnen blühte, wenn sie aufflogen. Sie winkte Pablo zu und zog sich leise zurück. Ohne entdeckt zu werden, kamen sie aus dem Gebäude heraus.

Da passierte es. Pablo trat rückwärts gegen eine Cola-Dose, die mit lautem Scheppern gegen die Metallschaufel des Baggers flog. Ein gewaltiges Klirren ertönte.

Ronja erstarrte. Sie standen ungeschützt zwischen der Bürofront des Gebäudes und dem Baufahrzeug mitten auf dem Hof. Brenzliger hätte die Situation gar nicht sein können!

Über ihnen wurde ein Fenster geöffnet und ein unbekanntes Männergesicht schaute heraus.

Ronja sagte das erstbeste als Entschuldigung, was ihr in dieser Schrecksekunde einfiel: «Verzeihung, dass wir das Firmengelände betreten haben, wir wollten nur unseren Ball holen.» Im nächsten Moment merkte sie, wie dämlich diese Ausrede klingen musste, gab es doch weit und breit keinen Bolzplatz, geschweige denn einen Ball.

Jetzt steckte auch der Vorarbeiter interessiert seinen Kopf nach draußen.

Ronja zählte die Sekunden, bis sie auffliegen würden, und betete ein Stoßgebet.

Da kam ein wütender Aufschrei. «Die Göre kenne ich doch. Die war heute Morgen auch schon am Zoo.» Das Gesicht des Mannes verfärbte sich puterrot.

Der Juniorchef war über diese Offenbarung seines Mitarbeiters nicht gerade entzückt. «Du hast doch behauptet, es hätte euch niemand gesehen.»

«Na ja, Chef, die waren da nur für eine Sekunde am Ausgang. Aber das kann kein Zufall sein, dass die Kleine plötzlich hier auftaucht.»

«Los, Iwan, schnapp' sie dir und den Burschen!»

Mehr mussten Ronja und Pablo nicht mehr hören, um zu wissen, dass sie besser sofort Gas geben sollten. Ohne sich noch einmal umzudrehen, rannten sie los.

*****

Melissa und Andrej hatten derweil selbstbewusst die zweite Niederlassung der Baufirma Knoll betreten. Ergebnislos hatten sie sich zunächst auf dem Hof umgesehen, ohne etwas Auffälliges zu bemerken. Jetzt drangen sie in das Gebäude ein.

Eine Sekretärin hämmerte in einem unordentlichen Büro auf ihre Computertastatur ein. Lose Papiere und Rechnungen waren auf dem Schreibtisch verstreut.

«Entschuldigen Sie», begann Melissa forsch, «ein Lieferwagen Ihrer Firma hat mir heute Morgen am Zoo so brutal die Vorfahrt genommen, dass ich mit dem Fahrrad gestürzt bin und ein größerer Schaden an meinem Rad entstanden ist. Ich möchte bitte zur Schadensregulierung den Namen des Fahrers wissen, der den Unfall verursacht hat.»

Auf der Fahrt in der Schwebebahn hatten sich Melissa und Andrej auf diese Geschichte geeinigt, um an Informationen heranzukommen. Melissa wusste, dass sie aus Liebe und Respekt vor Gott nicht lügen sollte, aber ihr fiel kein anderer Ausweg ein, wie sie sonst dem geraubten Tigerbaby hätte helfen können. Der Lieferwagen war tatsächlich so gerast, dass ihr Szenario durchaus realistisch gewesen wäre. Erwartungsvoll schauten die beiden die Frau an.

Die Sekretärin unterbrach ihre Schreibarbeit nach einem abfälligen Blick auf die Kinder nicht einmal. Ihre Stimme klang völlig desinteressiert, als sie antwortete. «So?»

«Möglicherweise hat der Fahrer mich gar nicht gesehen. Könnten Sie bitte nachsehen, welches Auto von hier heute früh auf dieser Route unterwegs war?»

Die Frau reagierte nicht mehr, als wenn sich eine lästige Stubenfliege auf ihren Schreibtisch gesetzt hätte.

Aber Melissa gab nicht so leicht auf. Trotzig blieb sie in der Bürotür stehen und wartete geduldig auf eine Auskunft.

Schließlich zuckte die Sekretärin mit den Schultern.

«Von hier aus ist keiner zum Zoo gefahren. Unsere Leute arbeiten alle an der Großbaustelle in der Stadtmitte.»

Melissa wollte sich damit nicht abspeisen lassen. «Und was ist mit Ihrer Filiale in Westend?»

«Keine Ahnung. Die verwaltet der Juniorchef alleine. Ich kann euch nicht sagen, wo seine Leute heute zu tun hatten.»

Melissa gab nicht auf. «Arbeiten Sie eigentlich auch ab und zu für den Zoo? Machen Sie zum Beispiel die Reparaturen an den Tierkäfigen?»

«Mädchen, wir sind eine Baufirma und keine Schlosserei. Der Juniorchef hat tatsächlich die Raubtieranlage im Tigertal vor einigen Jahren erbaut. Aber das ist schon lange her. Glaube nicht, dass sie aktuell mit Instandhaltungsarbeiten beauftragt wurden.»

In Melissas Kopf ratterte es. Anscheinend war ihre Firmenniederlassung sauber. Aber dass der Juniorchef das Tigertal seiner Zeit errichtet hatte, brachte ihn doch in direkte Verbindung mit dem Wuppertaler Zoo. Es war höchste Zeit, Ronja und Pablo anzurufen, um diese brisanten Informationen an sie weiterzugeben.

*****

Ronja und Pablo blickten sich panisch um. Die bösartige Stimme gellte noch in ihren Ohren, als sie schon losgelaufen waren. Der Juniorchef war zu einem Firmenwagen gerannt und ließ bereits den Motor an. Iwan, der

Vorarbeiter der Firma Knoll, rannte wütend hinter den Kindern her.

«Schnell durch den Zaun in die Büsche am Ufer der Wupper. Auf der langen Zufahrtsstraße erwischt uns sonst das Auto», befahl Ronja. In Gefahrensituationen konnte sie sich blitzschnell Lösungen ausdenken, ohne viel auf ihre Gefühle zu achten. Ihr Gehirn funktionierte dann einfach wie ein Computer. Erst später zitterten ihr die Knie, wenn alles vorüber war.

Pablo keuchte hinter ihr her. Eine schmale Lücke im Zaun gewährte den Kindern Durchlass. Dann rannten sie schnell durch das verwilderte Buschwerk, bis sie den Uferweg erreichten. Dieser führte an der Wupper entlang, nur ab und zu standen kleine Büsche zwischen Weg und Wasser.

Iwan kam in seiner Bauarbeiterkluft nur langsam hinterher, als er sich durch das enge Loch in der Umzäunung zwängte.

Das Rauschen des Flusses verschluckte den größten Teil des Schalls seiner wütenden Rufe.

‹Nur nicht hinhören›, befahl sich Ronja.

Pablo stolperte und schlug beinahe der Länge nach hin. Er rappelte sich mit schmerzverzerrtem Gesichtsausdruck wieder auf und lief humpelnd weiter. Sein Fuß war angeknackst.

Der Abstand zu dem verbissen laufenden Erwachsenen verkürzte sich.

Lange würde Pablo das Rennen mit seinem schmerzenden Fuß nicht mehr durchhalten können. Ronja sah sich verzweifelt nach einem Versteck um. 30 Meter weiter vorne mehrten sich die Büsche am Ufer und der Weg machte eine Kurve. Hoffentlich gab es dahinter ein Versteck, denn bald hatte der Mann sie am Wickel. Zweige schlugen Ronja ins Gesicht. Kieselsteine kullerten von ihren Schuhen losgetreten davon.

Sie erreichten die Wegschlaufe. ‹Das ist unsere einzige Chance›, dachte Ronja. ‹Jetzt sieht er uns für ein paar Sekunden nicht.›

Nach der Kurve versperrte ihnen eine riesige Betonröhre den Durchgang am Ufer. Sie führte vom Landesinnern bis zum Fluss. Aus ihrem mannshohen Ende floss Wasser in die Wupper. Der Pfad machte einen weiteren Bogen und führte dann in einem steilen Anstieg über diese Wasserleitung hinüber.

Der Fluss Wupper

Da hatte Ronja eine Idee. «Pablo, spring ins Wasser und klettere in das große Betonrohr hinein. Da sieht uns der Typ nicht!»

Schon platschte Ronja in das kalte Wasser. Die Strömung war stärker als erwartet.

Pablo folgte ihr, während Ronja ihn an der Hand hielt, damit er mit seinem verknacksten Fuß nicht vom Wasser weggerissen wurde.

Sie gingen entgegen der Strömung, bis sie die kreisrunde Öffnung des Betonrohres erreichten. Sie stiegen hinein und wateten gebückt durch knietiefes Wasser zügig in die schützende Dunkelheit hinein. Drinnen im Tunnel floss das Wasser ruhiger. Das Geräusch ihrer Bewegungen hallte von den kahlen Wänden wider. Das Wasser ging ihnen bis zu den Knien. Es war kalt, nass und äußerst ungemütlich in ihrem Unterschlupf.

Pablo flüsterte: «Das ist der Ablauf der alten Bierbrauerei. Lass uns ein paar Meter tiefer in den Tunnel hineinkrabbeln. Dann sind wir sicher.»

Draußen hörten sie Iwans Stimme. «Bleibt stehen, Kinder. Wo seid ihr? Wir wollen nur mit euch reden …» Dann verlor sich die Stimme im Rauschen der Wupper.

Ronja und Pablo blieben für ein paar Minuten still stehen, bis sie ganz sicher waren, dass der Verfolger weg war. Dann wateten sie vorsichtig zurück in Richtung Tunneleingang.

Ronja blickte sich um. Die Luft war rein. Völlig erschöpft kletterten sie auf einen Mauervorsprung auf der rechten Seite der Betonröhre und drückten sich bibbernd aneinander, um wieder warm zu werden.

«Erzähl mir von dieser Brauerei! Führt der Tunnel direkt in die Fabrik hinein?»

«Also, das ist so ...», begann Pablo zu erzählen. «Die alte Bierbrauerei steht schon lange leer und soll bis Weihnachten abgerissen werden. Wir waren früher mit der Schule dort zum Angucken. Das Obercoolste war dieser Tunnel. Wenn man hineinrief, hallte es so krass lustig. Aber leider war er innen in der Brauerei mit einer Gittertür abgesperrt.»

Ronja grinste. Der Zweitklässler hörte sich niedlich an, wenn er so erzählte. Aber die Gittertür störte sie. Auf diesem Weg konnten sie also nicht in die Brauerei hineinkommen.

In der Höhle des Löwen

Das Handy von Pablo vibrierte. Ratlos schaute der Junge auf die unbekannte Rufnummer.

«Das ist Melissa. Du kannst ruhig rangehen», ermutigte ihn Ronja. «Ich möchte gerne auch mit meiner Schwester sprechen.»

Pablo nahm ab und stellte auf Lautsprecher, damit Ronja mithören konnte.

«Wir haben herausgefunden, dass eure Niederlassung vom jungen Knoll verwaltet wird und vor einigen Jahren das Tigertal erbaut hat», berichtete die Ältere. «Der Transporter heute Morgen am Zoo muss ebenfalls von eurer Niederlassung aus gestartet sein, denn hier in Westend wusste man nichts davon. Ihr müsst euch vorsehen, hört ihr?»

Ronja gab sich souveräner, als sie sich innerlich fühlte: «Wir haben alles im Griff, Schwesterchen. Das haben wir außerdem schon selber herausgefunden, was du uns eben erzählt hast. Stell dir vor, wen wir auf dem Hof gesehen haben!»

Dann berichteten Ronja und Pablo abwechselnd, was sie in der letzten Stunde erlebt hatten und wo sie das Tigerbaby vermuteten. Nur die Verfolgungsjagd am Ufer der Wupper ließ Ronja unerwähnt. Das sollte ihre große Schwester nicht unbedingt wissen. «Melissa, da wir gerade in der Nähe der alten Bierbrauerei sind, schleichen wir mal eben schnell zum Eingang. Vielleicht können wir herausfinden, ob das Tigerbaby tatsächlich in der alten Fabrik versteckt wird.» Ronja sprach schnell und forsch, damit Melissa nicht auf die Idee kam, sie in ihrem Tatendrang zu bremsen.

Pablo staunte nur.

«Ronja. Das wirst du schön bleiben lassen. Das ist viel zu gefährlich. Du hast selber gesagt, dass Dimitri bewaffnet ist!» Melissa war entsetzt über den Leichtsinn des jüngsten Mitglieds der Familie Fuchs. «Außerdem müssen wir in einer halben Stunde bei Tante Henny zum Kuchenessen zurück sein. Das reicht gerade noch, um mit der Schwebebahn zurück nach Sonnborn zu fahren.»

Ronja zog die Stirn in zornige Falten. Sie war in höchstem Maße allergisch darauf, wenn Melissa ihr Vorschriften machte. Wütend brütete sie vor sich hin. In wenigen Stunden würden die Tierhändler das Tigerbaby außer Landes schaffen und dann kam jede Rettung für das Jungtier zu spät.

«Schickt mir mal das Foto von Dimitris Autokennzeichen auf Papas Handy rüber!», verlangte Melissa, aber Ronja hörte nicht mehr zu.

«Ich geh, egal was Melissa sagte», flüsterte sie Pablo ins Ohr. «Überleg mal, wie lange der kleine Tiger schon geraubt ist. Vielleicht geht es ihm schlecht, weil er keine Milch bekommen hat. Die Zeit läuft uns davon.»

Pablo zuckte ratlos die Schultern und beendete dann das Gespräch: «Ronja will unbedingt zur alten Bierbrauerei. Ich geh besser mit ihr mit, sie kennt sich ja gar nicht im Gelände aus. Tschüss ihr zwei!»

«Halt, warte, ...»

Doch Pablo legte bereits auf.

Ronja war entschlossen zurück ins knietiefe Wasser gesprungen und watete in Richtung Tunnelausgang und Uferböschung. Der Roma-Junge folgte ihr treu.

*****

Melissa kochte. Sie hatte vorschlagen wollen, statt zur Brauerei mit dem Foto zur Polizei zu gehen, als Pablo die Verbindung abgebrochen hatte. Das wäre vernünftiger, als sich zu weit in die Höhle des Löwen vorzuwagen und bewaffneten Verbrechern hinterher zu spionieren. Dabei wusste die Ältere nicht einmal die ganze Wahrheit, nämlich, dass Ronja und Pablo bereits von Iwan und dem Juniorchef Knoll auf dem Firmengelände entdeckt worden waren. Sonst wäre Melissa noch bestürzter gewesen. Aber auch so reichte es ihr. Selbst wenn sie sofort mit der Schwebebahn zu Ronja fuhr, kam sie zu spät, um ihre wildgewordene Schwester aufzuhalten.

«Führe mich sofort zur nächsten Polizeiwache, Andrej. Schnell! Jetzt müssen wir uns richtig beeilen, bevor Ronja und Pablo sich in ernsthafte Schwierigkeiten bringen.»

Die beiden Kinder liefen im Sturmschritt zur nächsten Schwebebahnstation, um zum nächsten Revier zwei Haltestellen weiter zu fahren. Vergessen war die Kuchentafel bei Tante Henriette und die eindringlichen Worte der Eltern, die Tante nicht durch Unpünktlichkeit zu enttäuschen.

*****

Ronja und Pablo verließen mit äußerster Vorsicht den Wassertunnel. Bloß nicht dem wütenden Iwan in die Arme laufen. Aber der Pfad lag verlassen im herbstlichen Nebel da.

Von dort aus bahnten sie sich einen Weg durch die Wildnis, bis sie oberirdisch nach einigen Metern durch die Wupperberge die alte Brauerei erreichten. Ihnen war kalt, denn die Hosen und Schuhe waren kaum abgetrocknet, seit sie den Zulauf der Wupper verlassen hatten. Weit und breit um die alte Fabrikanlage war kein schwarzer Mercedes geparkt. Immer dichter wagten sie sich schließlich an das verlassene Gebäude heran.

«Wenn der Tiger Hunger hat, sind wir erledigt.» Pablo tänzelte nervös hinter Ronja. Jeden Augenblick erwartete er, von einem mannsgroßen Tier aus dem Gebüsch angefallen zu werden.

Ronja war sich auch nicht mehr so sicher. Vor den erwachsenen Tieren hatte sie im Tigertal des Wuppertaler Zoos gehörigen Respekt bekommen. Das Tigermännchen wog dreimal so viel wie ihr Vater Matthias und konnte seine Beute in einem Spurt blitzschnell erlegen. Leider waren die meisten Amurtiger durch Rodung ihrer Wälder in Sibirien und Wilderei ausgerottet worden. Das hatte Ronja schon im Zoo aufgeregt. Deshalb hatte sie die Entführung des Tigerbabys auch so empört. In Gedanken rechnete Ronja das Geburtsgewicht und das Geburtsdatum miteinander hoch, wie sie es der Beschriftung am Tigerhaus entnommen hatte. Nein, so riesig konnte das geraubte Tierkind doch gar nicht sein, denn es war erst vor knapp vier Wochen mit 1300 g Geburtsgewicht auf die Welt gekommen.

«Nur Mut», sprach sie dem kleinen Roma-Jungen zu. «Der Tiger ist unsere kleinste Sorge!»

Entschlossen öffnete sie die eiserne Tür, die in den roten Backsteinbau hineinführte. Ein lautes Knarren hallte durch die große Empfangshalle. Im Halbdunkeln tasteten sich die Kinder weiter vorwärts; an alten kupfernen Kesseln vorbei und Getreidemahlwerken, die wohl einst zur Herstellung des geschroteten Gerstenmalz dienten. Ronjas scharfe Ohren hatten ein Geräusch aus dem hinteren Teil des Raumes vernommen. Sie stieß Pablo in die Seite und nickte mit dem Kopf in die Richtung, die sie einschlagen wollte. Ihre Schritte dröhnten auf dem steinernen Fußboden, obwohl sie sich bemühten, leise zu sein.

War da nicht ein Scharren und Maunzen? Ronja behielt die Eingangstür der Brauerei im Auge, als sie sich weiter in die Fabrik vorwagten. Bis jetzt war von draußen kein Fahrzeug zu hören.

Sie erreichten mehrere Verschläge, die in früheren

Jahren wohl als Lagerplatz für die Gerste zur Bierherstellung gedient hatten. Ronja öffnete vorsichtig eine Tür. Alle Muskeln ihres Körpers angespannt und bereit zur Flucht. Nichts. Der Raum war bis auf ein paar herumliegende Jutesäcke leer. Es ging weiter zum nächsten Verschlag. Dessen Tür war als einzige durch einen Metallriegel zugesperrt.

Wieder ertönte ein schauriges, klagendes Geräusch aus dem Raum vor ihnen. Es klang sehr hilfsbedürftig.

Ronja öffnete entschlossen die auffällige Tür. Sie hatten Glück. In einer Ecke stand der viereckige Transportkäfig, der heute Morgen am Wuppertaler Zoo vor ihren Augen in den Wagen der Baufirma Knoll eingeladen worden war. Das fauchende Geräusch kam genau aus dieser Richtung.

Pablo duckte sich hinter Ronjas Rücken, folgte ihr aber in den Raum. Ihn fröstelte vor Angst. Wie groß und hungrig würde das entführte Raubtier sein?

Ronja nahm all ihren Mut zusammen, schloss dann vorsichtshalber die Raumtür und öffnete extrem langsam den Käfig. Sie wollte sich zuerst ein Bild von der Größe der Raubkatze machen und zugleich verhindern, dass das kleine Tierkind vor Schreck ausriss und in der Wildnis am Fluss in Schwierigkeiten geriet. Dabei sprach sie die ganze Zeit beruhigende Worte auf das verängstigte Tier ein. In dem dunklen Abteil nahm sie vor allem die beiden funkelnden grünen Augen des Tigers wahr, den warmen Atem und einen dunklen Körper, nicht viel größer als der einer Perserkatze. Vorsichtig streckte sie ihre Hand in den Käfig, damit das Tigerbaby ihre Witterung aufnehmen konnte. Sie hatte am Zoogehege gelesen, dass das Tigerbaby zum jetzigen Zeitpunkt noch handzahm war durch die tägliche Flaschenfütterung durch seinen Tierpfleger. Ehe Ronja sich versah, schleckte eine raue Zunge ihre Hand ab. Da schien aber einer Hunger zu haben.

«Hast du irgendetwas Essbares für den Tiger in der Jacke?», fragte Ronja optimistisch.

«Zufällig nicht», erwiderte Pablo. «Pass auf, dass du nicht gebissen wirst.»

«Ach Quatsch. Tiggi spürt genau, dass wir die Guten sind und ihm helfen wollen.»

«Nennst du das Raubtier jetzt Tiggi?» Pablo schüttelte im Dunkeln grinsend den Kopf, was Ronja nicht erkennen konnte.

«Irgendwie müssen wir ihn ja anreden. Hol mal von nebenan einen Jutesack! Darin können wir Tiggi transportieren. Und dann schnell weg von hier.»

Pablo rannte aus dem Raum und kam nach wenigen Sekunden mit dem Gewünschten zurück.

Leider kam er nicht allein zurück. Zwei Männer schubsten den polnischen Jungen brutal vor sich her. Pablo flog in hohem Bogen in Richtung Ronja. Er knallte gegen sie, sodass sie unter der Wucht des Aufpralls zu Boden ging.

Das Handy von Pablo fiel aus seiner Hosentasche heraus. Geistesgegenwärtig drückte Ronja auf die Wahlwiederholungstaste und das Handy nahm automatisch die Verbindung mit Melissas Smartphone auf.

Dann waren schon derbe Männerhände über ihr, die ihre Arme grob mit einem Seil auf den Rücken banden und die Beine wie bei einer Mumie zusammenschnürten. Pablo erhielt die gleiche unfreundliche Behandlung. Iwan schloss die Tür zum Tierkäfig wieder zu.

Tigerbaby

An den kurzen Wortfetzen, die zwischen den beiden Männern ausgetauscht wurden, konnten die Kinder erkennen, dass es sich um den Vorarbeiter der Baufirma Iwan und seinen Chef handelte.

«So, ihr Gören. Da habt ihr eure neugierigen Nasen eindeutig zu tief in Angelegenheiten reingesteckt, die euch gar nichts angehen. Was habt ihr hier zu suchen?», nahm der junge Knoll sie grimmig ins Verhör.

«Gar nichts», versuchte Ronja zu bluffen. «Wir strolchen nur so in der Gegend rum. Wir wollten keinen Ärger machen.»

Iwan unterbrach sie rüde. «Das kannst du deiner Großtante erzählen, aber nicht uns!»

«Tante Henriette?» Ronja spielte immer noch die Unschuldige.

«Dich habe ich schon heute Morgen am Zoo gesehen und jetzt wieder hier in der alten Brauerei. Das geht nicht mit rechten Dingen zu», brüllte Iwan wutentbrannt.

«Glaubst du mir nun, wie wichtig es war, dass wir hier oben nach den Kindern suchen», gab der Juniorchef besserwisserisch an. «Sonst wäre das Versteck des Tigerbabys jetzt schon aufgeflogen.»

«Nein. Nein, Sie können völlig beruhigt sein. Wir vergessen einfach ganz schnell alles, was wir gesehen haben und Sie lassen uns wieder gehen», verhandelte Ronja tapfer.

«Vergiss es. Du kommst uns nicht noch einmal in die Quere. Wir lassen euch in diesem schönen Quartier eingesperrt, bis Dimitri und sein Kumpel heute Abend mit dem Heli kommen. Sollen die sich doch um euch kümmern!» Der Juniorchef machte sich zum Abmarsch bereit.

«Hier könnt ihr brüllen, bis ihr heiser werdet. Es wird euch niemand hören. Und dann: Doswedanje! Vielleicht dürft ihr ja nach Moskau mitfliegen, wenn die Russen das Tigerbaby abholen.» Iwan kontrollierte ein letztes Mal ihre Fesseln. Dabei fiel sein Blick auf das leuchtende Display des Handys neben Ronja. Er kapierte sofort, dass die ganze Szene einen unbekannten Lauscher am anderen Ende der Leitung gehabt haben musste.

In rasendem Zorn brüllte der Vorarbeiter ins Handy: «Wagt ja nicht, zur Polizei zu gehen, sonst seht ihr eure Freunde nie wieder!» Dann legte er auf und nahm das Handy an sich.

*****

Entsetzt starrten Melissa und Andrej in der Schwebebahn auf das Display ihres Handys.

Zuerst hatte sie gedacht, dass Pablo und Ronja sie mit dem Anruf veräppeln wollten, als sich keiner der beiden meldete. Aber als die leisen Stimmen im Hintergrund plötzlich laut wurden, war ihr schlagartig klar: Die Geschwister waren in der Gewalt der Zoo-Räuber und damit in höchster Gefahr.

Andrej gab Melissa zu verstehen, dass sie die Haltestelle erreicht hatten und aus der Hochbahn aussteigen sollten. Unentschlossen folgte sie ihm. Was sollte sie jetzt bloß tun, um das Leben der beiden Geschwisterkinder nicht aufs Spiel zu setzen? War der Gang zur Polizei vielleicht das einzig Richtige, das sie unternehmen konnten oder am Ende völlig fatal? Wen konnten sie fragen, wenn sie selber keinen eigenen Rat wussten?

Melissa scheute sich, ihre Eltern anzurufen. Wenn die von Ronjas Leichtsinn erfuhren, gab es sicher ein riesiges Donnerwetter. Wenn es irgendeine Möglichkeit gab, wollte sie erst mal selber versuchen, Ronja zu helfen, ohne sie dabei zu verpetzen. Melissa ging wie ein Roboter hinter Andrej her, der bereits die Treppenstufen zur Straße hinunter erreicht hatte. Sie wusste nicht mehr weiter und deutete auf eine Bank am Ausgang des Bahnhofs, um sich mit dem Jungen zu beraten.

*****

«Ich Riesenvollidiot», schimpfte Ronja mit sich selber. «Ich hätte wissen müssen, dass uns die Typen logischerweise in der alten Brauerei suchen würden, nachdem wir sie im Wassertunnel abgehängt hatten.»

Iwan und der junge Knoll hatten die Tür mit einem lauten Krachen zugeworfen und von außen den Riegel vorgeschoben.

«Ronja, ich habe Angst», klagte der kleine Junge mutlos. «Kein Mensch weiß, wo wir hier sind und mit den beiden Russen ist bestimmt nicht zu spaßen. Die können keine Zeugen gebrauchen.»

«Verliere nicht die Nerven, Pablo. Melissa hat sicher alles mitgehört und wird uns helfen. Außerdem haben wir doch unseren Geschwistern gesagt, wo wir hingehen. In meiner Familie lässt man sich nicht hängen, wenn einer in Not ist!»

«Bei uns Roma erst recht nicht!»

«Na, siehst du», munterte Ronja ihn auf.

Diese Worte schienen Pablo ein wenig zu trösten.

Ronja dachte nach. Der Raum wurde nur durch ein vergittertes Fenster erhellt, durch das wenig Novemberlicht hereinfiel. Außer dem Transportkäfig in der Ecke gab es nur ein paar alte Bierflaschen in altmodischen Holzkisten, die auf einem modrigen Läufer an der Wand aufgetürmt standen. Die Tür wirkte sehr rustikal und war außerdem zugesperrt. Als Erstes mussten sie irgendwie ihre Fesseln loswerden. Ronja versuchte, auf dem Rücken liegend vorwärts zu robben. Langsam näherte sie sich den Bierkästen.

«Was hast du vor?», fragte Pablo interessiert.

«Ich will eine Bierflasche kaputthauen, damit wir uns an der Scherbe die Fesseln durchscheuern können.»

«Ganz schön gewagt. Das schaffst du nie.» Pablo war nicht gerade sehr aufbauend.

Ronja schwieg missmutig, um nicht unfreundlich zu dem Kleinen zu werden. Sie wälzte sich weiter vorwärts in die Nähe der Bierkisten. ‹Jetzt erst recht›, dachte das Fuchs-Mädchen. ‹Geht nicht, gibt's bei mir nicht, mein Freund!›

Dann benutzte sie ihre zusammengeschnürten Füße wie eine Greifzange und hob damit eine der umherliegenden Flaschen in die Höhe. Schließlich schleuderte sie diese mit aller Kraft gegen die Wand. Ein gigantisches Klirren ertönte durch die verlassene Brauerei, aber der Plan ging auf. Die Flasche zerbrach in mehrere Stücke. Ronja robbte seitlich an den Scherbenhaufen heran und ergriff äußerst vorsichtig die größte Scherbe, die sie mit ihren gefesselten Händen erreichen konnte.

Dann drehte sie die scharfe Glaskante gegen das Seil und rieb mit Druck daran. Sie rutschte ab und schrie auf: «Aua, das war mein Finger! Du musst mir helfen, Pablo. Lieg nicht so faul auf deiner Haut rum. Los, komm. Du musst zu mir herüberrobben, sodass wir Rücken an Rücken liegen. Dann kannst du mit der Scherbe meine

Fesseln durchschneiden und ich anschließend deine.»

Der kleine Junge überwand seine Schreckstarre und näherte sich ihr in der vorgeschriebenen Weise. Seine kleinen geschickten Finger übernahmen die Scherbe aus Ronjas Hand und hobelten damit wieder und wieder über den groben Strick. Mühsam ging die langwierige Arbeit voran.

Um sich abzulenken, begann Ronja von ihren persönlichen Schwierigkeiten in Wuppertal zu erzählen: «Früher waren wir jedes Jahr zwei bis drei Mal in Wuppertal bei meiner Tante Henny. Damals war es für mich das allerschönste Erlebnis, in ihrem alten Fachwerkhaus zu spielen und den geheimnisvollen Dachboden zu erkunden. Dann waren wir einige Jahre nicht mehr bei ihr und diesen November ist sie total verändert, wie ausgewechselt, ein ganz anderer Mensch.»

«Das ist halt so bei älteren Leuten, Ronja. Das darfst du dir nicht so zu Herzen nehmen», tröstete Pablo sie.

Ronjas Stimme zitterte verräterisch, als sie weitersprach. «Ich möchte ihr meine Liebe genauso zeigen wie früher, aber es geht irgendwie nicht mehr. Tante Henny ist so aufbrausend und vergesslich geworden und ehrlich gesagt, finde ich es mega-langweilig bei ihr. Da kann ich doch nicht so tun, als fände ich es obercool.»

«Hauptsache ist doch, dass du für sie da bist. Lass sie nicht im Stich, egal wie es sich anfühlt.»

«Das sagst du so einfach, weil du nicht betroffen bist», protestierte Ronja.

«Wir Roma kleben als Familie für immer zusammen. Was meinst du, wie viele Tanten und Onkel ich habe! Ich mag es, wenn sie mir etwas zum Geburtstag schenken oder lustig mit mir sind. Aber es gibt auch die öden Zeiten, wo ich von ihnen genervt bin, weil sie ungeduldig und zu zerbrechlich geworden sind, um mit mir herumzutoben.»

«Ja, genauso ist es mit Tante Henriette. Weißt du, Pablo, ich schäme mich dafür, dass ich so schlecht über Tante Henny denke. Am besten wäre es gewesen, ich wäre nie wieder hierhergekommen. Dann hätte ich sie so fröhlich und lebhaft in Erinnerung behalten, wie sie früher war.»

«Aber das ist falsch», widersprach Pablo heftig. «Jetzt ist die Zeit gekommen, wo du all das Gute an sie zurückgeben kannst, was sie dir einst geschenkt hat. Es gibt für euch nicht mehr unbegrenzt viel gemeinsame Beziehungzeit. Irgendwann wird deine Tante sterben. Du würdest es bitter bereuen, nicht für sie da gewesen zu sein, als sie dich am meisten gebraucht hat.»

«Stimmt. Sie wirkt auf mich so zerbrechlich wie ein braunes Herbstblatt, das zu Boden niedersinkt und wieder zu Erde zerfällt.»

«Auch wenn du momentan kein Gefühl von Liebe in dir spürst, sei trotzdem liebevoll zu ihr und mache ihr Mut. So wie du im umgekehrten Fall auch an ihrer Stelle umsorgt werden wolltest. Dann wird alles gut werden mit deinem Herzen.»

Für Ronja klangen die Worte des kleinen polnischen Jungen sehr weise und lebenserfahren. Anscheinend hatte er das mit seiner großen Roma-Verwandtschaft schon öfter erlebt als das Fuchs-Mädchen. Im Lebenskreislauf ihrer Tante Henriette schien wie in der Natur um sie herum der Herbst angebrochen zu sein. So wie die Bäume und die Landschaft immer karger wurden, musste Henny sich daran gewöhnen, dass sie ihre Kraft und Fähigkeiten nach und nach verlor. Ronja hatte auf einmal Mitleid mit ihrer Tante und konnte ahnen, wie schlimm sich das für sie anfühlen musste. Und mit dem Mitgefühl war es ein klein wenig so, als wenn auch die alte Liebe für Tante Henny aus ihren Kindertagen wieder in ihr Herz zurückkehrte. Vielleicht fing Liebe wirklich zuallererst mit einer Entscheidung an, so wie Pablo gesagt hatte.

Ein Ruck durchfuhr Ronjas Körper. Pablo hatte die letzten Fasern ihrer Handfesseln durchtrennt und sie war freigekommen. Vorsichtig schüttelte sie die eingeschlafenen Gelenke aus und machte sich ans Werk, um auch den Jungen zu befreien.

*****

In dem kleinen Fachwerkhaus in Sonnborn erwachte unterdessen wieder Leben. Tante Henriette hatte sich fertig ausgeruht und deckte gerade die Kaffeetafel mit ihrem altmodisch geblümten Geschirr.

Conny half ihr dabei. «Weißt du noch, Tante Henny, wie Melissa mit sechs Jahren deine Hut-Sammlung auf dem Dachboden entdeckt hatte und fast in die Hutschachtel plumpste vor Begeisterung? Ihre kleine Schwester Ronja trippelte mit ihren kleinen Beinchen den ganzen Nachmittag in deinen hochhackigen Theaterpumps umher und war stolz wie eine Königin. Selbst am Abend wollte sie deine himmelblau glänzende Stola nicht wieder hergeben und protestierte jedes Mal energisch ‹Ronny ist Prinzin Elsa›, wenn wir sie ins Bett schicken wollten.»

«Ach, ja, war das schön», seufzte Henriette verträumt. «Und weißt du noch, wie ich mir den grünen Sofa-Stoff über den Kopf zog und so tat, als wäre ich das böse Krokodil aus dem Kasperlestück. Ich jagte so engagiert hinter den Kindern durch die ganze Wohnung, bis wir schließlich auf einer Teppichbrücke schwungvoll ausrutschten und die hässliche Bodenvase meiner Stiefmutter erlegten. Ich war so froh, als das olle Ding in 1000 Scherben zersprang. Melissa und Ronja boten mir endlich die perfekte Ausrede, mich von diesem Ungetüm auf die einzig höfliche Art zu trennen. Hihi… Ja, das waren schöne Zeiten.» Die Tante lächelte, als sie in den alten Erinnerungen versank.

«Bestimmt werden die beiden gleich von ihrem Ausflug in die Innenstadt zurück sein», bemerkte die Mutter.

Die Befreiung

«Was nun?» Pablo sah das Fuchs-Mädchen erwartungsvoll an.

Schnell entledigten sich die Kinder auch ihrer Beinfesseln. Ronjas Blick durchstreifte den Raum. Dann gingen sie auf Erkundungstour. Da das Fenster vergittert war und die Brauerei abgelegen, war auf diesem Weg keine Hilfe zu erwarten. Die Tür erwies sich schnell als solide und unzerstörbar. Der Riegel gab nicht nach, egal wie sehr sie sich gegen das Holz stemmten. Dann zog Ronja den Läufer fort, um hinter den aufgestapelten Holzkisten nach einer verborgenen Tür zu suchen. Aber da gab es keine.

Plötzlich zeigte Pablo auf den Boden.

Ronja folgte seinem Blick und sah unter dem dicken Staubbelag eine Unebenheit im Betonboden.

«Da ist ein Ring in den Boden eingelassen», sagte Pablo und forderte Ronja mit seinem Blick auf, den Staub und Dreck wegzuwischen.

Ronja zögerte nicht lange und stocherte mit den Fingern um das Metallstück, bis sie den Ring anheben konnte. Er war am Boden befestigt. «Das muss eine Luke sein.» Sie zog daran und tatsächlich wurde durch den Dreck ein Viereck sichtbar, das sich langsam anhob.

Die beiden staunten. Darunter führte eine schmale Treppe in einen Kellerraum hinab.

«Lass uns versuchen, über den Keller zu flüchten. Vielleicht finden wir von dort einen Ausweg nach draußen», schlug Ronja vor.

«Nach Ihnen, die Dame», alberte Pablo, um seine Furcht vor dem dunklen Kellergeschoss zu überspielen. Er nahm nicht wirklich an, dass Ronja ihm das abkaufte, war aber sehr erleichtert, als sie voranging.

Vorsichtig tasteten sich die beiden Kinder nach unten. Nachdem sich die Augen an die Finsternis gewöhnt hatten, konnten sie Umrisse erkennen. Sie schienen in einer Art Lagerraum von früher für abgefüllte Bierfässer gelandet zu sein. Einige vergessene Exemplare standen auf einer Rampe zum Abtransport bereit. Dort befand sich auch eine große viereckige Öffnung im Mauerwerk, von der eine schräg abfallende Rutsche in die Tiefe führte. Von unten hörte man ein sanftes Plätschern von Wasser.

«Ich weiß, wo wir uns befinden», jauchzte Pablo auf einmal glücklich auf. «Hier war ich auch mit meiner Schulklasse. Das muss der alte Sammelraum sein, wo vor Jahrzehnten die Bierfässer über eine Fassrutsche zum Wassertunnel hinuntergerollt wurden, um dann über die Wupper weiter ins Bergische Land verschifft zu werden.»

«Das muss aber mindestens hundert Jahre her sein. Heutzutage hat man doch sicher schon längst LKWs dafür benutzt», staunte Ronja.

«Ja, aber die Fassrutsche in den Wassertunnel wurde nie zurückgebaut. Das Beste aber kommt noch …»

Pablo stotterte beinahe vor Aufregung. «Wir können über diesen Weg wieder nach draußen gelangen, weil der Durchgang für die Bierfässer nach dem Gitter in den Wasserkanal mündet. Wir werden nur ein bisschen nass.»

«Ich kann bald gar nicht mehr nasser werden, als ich schon bin», knurrte Ronja nicht gerade begeistert von diesen Aussichten. «Und wenn sie diesen Durchlass doch durch ein Netz oder Gitter zugesperrt haben? Dann hängen wir da unten fest. Das ist mir zu heikel.»

«Hmm, wir müssten irgendwie vorher prüfen, ob die alte Fassrutsche noch durchgängig ist», schlug der Junge vor.

«Womit denn?»

Pablo sah sich um. Außer ein paar Bierfässern gab es keine weiteren Gegenstände in dem Kellerraum. «Wir könnten einige Fässer herunterrollen und wenn sie ins Wasser platschen und weiterschwimmen, wissen wir genau, dass wir auch auf diesem Weg entkommen können.»

Ronja war begeistert. «So könnte es gehen. Ein guter Plan! Ich könnte dich einfach nur umarmen für diese Mega-Idee, Pablo!»

Eine kurze peinliche Pause entstand, in der beide verlegen schwiegen.

Dann setzte das Fuchs-Mädchen sachlich fort: «Wir packen Tiggi in den Jutesack und seilen ihn vorsichtig an deinem Ledergürtel ins Wasser ab. Einer von uns steht oben, der andere unten an der Fassrutsche, sodass dem Tigerbaby nichts passieren kann. Und dann hauen wir drei so schnell wie möglich von hier ab.»

Eilig lief Ronja nach oben und holte den kleinen Tiger aus seinem Transportkäfig heraus. An dieser kritischen Stelle ließ sie sich trotz aller inneren Unruhe genug Zeit, um das entführte Tier zu beruhigen und auf seine Reise in der Fassrutsche vorzubereiten. Der Kleine war so dankbar für die streichelnden Kinderhände, dass er immer wieder seinen Kopf gegen ihre Beine rieb und schnurrende Laute ausstieß. Die ungewohnte Umgebung, die ausgefallenen Milchmahlzeiten und die Dunkelheit mussten das Tierkind sehr verängstigt haben. Erst als Tiggi genügend Vertrauen zu ihr aufgebaut hatte, legte sie das Tigerbaby sanft in den Jutesack und trug ihn vorsichtig die Steintreppe hinunter. Dabei ließ sie den großen Sack oben offen, sodass die kleine Raubkatze den Kopf herausstrecken konnte. Wahrscheinlich sah der Tiger in der Dunkelheit besser als das menschliche Auge. Aber die kritischste Etappe stand ihm erst noch bevor.

Im Kellerraum hatte Pablo in der Zwischenzeit die Fassprobe erfolgreich vorgenommen. Ein Fass folgte dem anderen und wurde gleich darauf auf dem Wasser weitergetragen. Die Rutsche war durchgängig! Nun zog er gerade den Gürtel aus seiner Hose heraus. Die Kinder befestigten am oberen Ende des Jutesacks Pablos Gürtel wie einen Trageriemen und verschlossen die Gürtelschnalle dicht hinter dem Beutelrand, sodass sie möglichst viel Länge gewannen. Dann rutschte Ronja todesmutig die Rutsche in die schwarze Leere hinunter, bis sie mit einem Platschen in den knietiefen Kanal plumpste.

«Ich bin angekommen. Du kannst jetzt Tiggi abseilen», rief sie mit dunklem Echo in den engen Durchlass nach oben.

«Es geht los. Aufgepasst!», brüllte Pablo zurück.

Man hörte ein Scharren, als der Jutesack langsam über das Mauerwerk hinunterglitt.

«Der Gürtel reicht nicht. Mist, was machen wir jetzt?»

«Du musst dich weiter vorwärtsbeugen, Pablo!»

Der Grundschüler reckte sich tief in die schwarze Öffnung hinein. Auf einmal verlor er das Gleichgewicht und stürzte mit einem Schrei kopfüber voran in die Rutsche hinein.

Ronja spürte, wie der Jutesack urplötzlich in ihre geöffneten Hände sauste und griff im richtigen Augenblick zu. Tiggi landet wohlbehalten in ihren Armen. Sie drehte sich um und im gleichen Moment bekam sie einen kräftigen Stoß in den Rücken von Pablo, der ihr fast auf den Kopf gefallen war.

«Wolltest du mich nicht eben noch umarmen, Ronja? Da bin ich schon!» Die lachende Stimme des Roma-Jungen verriet seine Erleichterung über die geglückte Befreiung. Das Fuchs-Mädchen hatte ihn vor einem Vollbad im kalten Flusswasser bewahrt.

«Los, nichts wie raus hier», mahnte Ronja zur Eile, «bevor die Tigerräuber zurückkommen und unser Verschwinden bemerken!»

Wieder setzten sie einen Fuß vor den anderen und wateten durch das eiskalte Wasser bis zur Einmündung in den Hauptfluss zurück. Das Licht am Ende des Tunnels wies ihnen die Richtung und gab neuen Mut in ihrer dunklen Situation. Schon nach wenigen Minuten konnten sie aus dem Wasserkanal klettern.

Mit den Augen blinzelnd kehrten sie in die Wildnis des Wupperufers zurück. Ihre nassen Schuhe hinterließen eine tropfende Spur auf dem Weg. Außer Atem von der anstrengenden Flucht verschnauften die Kinder am Flussufer.

Wie sollte es jetzt weitergehen?

Pablo sagte kleinlaut: «Zurück können wir auf keinen Fall mehr gehen, da wir dann die Zufahrt der Baufirma auf jeden Fall überqueren müssten. Ich habe dort eine Überwachungskamera installiert gesehen. Wir würden direkt bei Iwan und Knoll auf dem Fernsehbildschirm auftauchen und geschnappt werden.»

«Weiter vorwärts zu irren, macht aber auch keinen Sinn. Der Weg verliert sich einfach in dem Gestrüpp und Dornen und endet irgendwo im Nirgendwo.»

«Dann weiß ich nicht mehr weiter. Wir können doch nicht über die Wupper schwimmen oder in den Himmel fliegen.» Der polnische Junge wirkte mutlos. Seine Ortskenntnisse halfen ihnen auch nicht. Das einzige Handy hatten ihnen die Männer der Baufirma abgenommen. Spätestens bei Einbruch der Dunkelheit würden Dimitri und sein Kumpan wiederkommen und alles nach ihnen absuchen. Dann waren sie geliefert. Sie hatten gegen so eine erdrückende Übermacht gar keine Chance. Er sah bei dem großen Berg an Problemen nicht mehr durch.

Ronja ging es ähnlich wie Pablo. Die Ausweglosigkeit ihrer Lage hielt auch in ihrem Kopf ein Karussell an negativen Befürchtungen in Bewegung. Zum Ausruhen und Nachdenken setzte sie sich auf einen Felsen und winkte Pablo, ebenfalls Platz zu nehmen. Sie legte ihren Arm um den Neunjährigen und drückte ihn an sich. Gegenseitig sich wärmend hielten sie den kleinen Tiger auf ihrem Schoß umschlungen und freuten sich an seinen tapsigen Bewegungen. Das brachte ein wenig Lebensmut zurück.

«Oh Mann, mein Vater wird ausflippen, weil ich nicht rechtzeitig zum Kaffeetrinken zurück bin», seufzte Ronja Fuchs nach einem Blick auf die Uhr. «Bestimmt warten sie schon lange mit der Schokoladentorte auf uns Kinder und Tante Henny ist enttäuscht von mir, weil ich mich nicht mal so viel um sie kümmere, pünktlich zum Kuchen zu erscheinen.» Sie konnte sich sehr gut vorstellen, was ihre Eltern davon halten würden und welche Standpauke sie erwartete. Aber echte Hilfe konnte sie dieses Mal nicht von ihren Eltern erwarten. Die hatten ja überhaupt keine Ahnung, wo sie steckte. Wenn einer helfen konnte, dann nur Melissa, die auf dem Weg zum Polizeipräsidium war. Doch wahrscheinlich hatten die wütenden Männer ihre ältere Schwester völlig eingeschüchtert, als sie ihre Drohungen ins Handy reinbrüllten. Ronja wusste auch nicht weiter und blieb mit klammen Fingern und dampfendem Atem in der kalten Novemberluft sitzen.

Was kann man tun, wenn man mit dem Rücken an der Wand steht? Wenn sich keine Rettung in der Ferne zeigt? Dem Fuchs-Mädchen war so, als wenn von irgendwo auf einmal Mut machende Gedanken in ihr hochstiegen. Sie hörte innerlich den Satz: ‹Wenn überhaupt noch irgendjemand helfen kann, dann Gott. Nur Gott.› Sie fragte sich, wo sie diese Worte schon einmal gehört hatte. Während sie nachgrübelte, war da urplötzlich auch eine Melodie in ihr drin und sie begann leise zu singen. «Bete zu dem, dem alles möglich ist! Bete zu dem, der verspricht, dass er uns nie vergisst! Wenn überhaupt noch irgendjemand helfen kann, dann Gott – nur Gott.» Sie hatte dieses Lied schon mal bei Youtube angehört, als sie das Lied «Betet zu mir» aus ihrem Herbstcamp bei Adonia gegoogelt hatte.

«Ich hab's», rief Ronja dem verdutzten Pablo zu. «Wenn du nicht mehr weiterweißt, dann werfe all deine Sorgen auf Gott. Wenn es keine Lösungen gibt, dann fange an zu beten und Gott wird dir den Ausweg zeigen.»

«Beten? Das macht bei uns nur meine Uroma und die ist Neunzig!» Der Roma-Junge verzog widerwillig das Gesicht. «Ich glaube nicht, dass uns das weiterbringt!»

«Wenn du an den Misserfolg glauben kannst, dann kannst du genauso gut auch für den Erfolg beten und anfangen, dein Vertrauen auf Gott und seine Problemlösungen zu setzen. Die Wahrscheinlichkeit für eine positive Erfahrung ist mindestens fifty-fifty. Lass es uns einfach ausprobieren, ob sich dadurch nicht etwas zum Guten verändert.»

«Hmm.» Pablo schien sehr voreingenommen davon zu sein, dass Beten nichts bringen würde.

Ronja wollte diese Möglichkeit aber nicht ungenutzt verstreichen lassen. Deshalb faltete sie die Hände um den kleinen Tiger, schloss die Augen und sprach mit leiser Stimme: «Mein Papa im Himmel, du siehst unsere verzweifelte Lage. Wir haben unseren Kopf so fest angestrengt, finden aber keinen Ausweg. Bitte hilf uns, auf die zündende Idee zu kommen und rette uns vor den gefährlichen Kidnappern.»

Pablo steuerte verlegen bei: «Im Namen des Vaters, des Sohnes und des Heiligen Geistes. Amen!». An diese Formel konnte er sich von seiner Uroma erinnern. Was Ronja so leidenschaftlich vorgebracht hatte, erschien ihm irgendwie plausibel. Wenn es wie beim Hochwerfen einer Münze zwei Möglichkeiten für den Ausgang eines Wurfes gab, konnte man es doch wenigstens versuchen mit Gott. Er wollte seine Bereitschaft, sich ehrlich auf Gott einzulassen, wenigstens durch diese Worte unterstreichen, damit das auch richtig ankam bei Gott. Pablo fand es spannend, wie vertraut Ronja den Allmächtigen anredete. Wie ein Kind redete sie ganz ungeniert mit ihrem ‹himmlischen› Vater. So ein Verhalten war er überhaupt nicht gewöhnt. Schweigend saßen die Kinder beieinander und starrten vor sich her.

Ronja blickte in den Himmel hoch. Es fiel ihr auch nicht leicht, ihre Hoffnung auf Gott zu setzen und gegen alle offensichtlichen Tatsachen an eine Rettung zu glauben. Sie betrachtete nachdenklich die grüne Brückenkonstruktion der Wuppertaler Schwebebahn. Ein massiver Brückenpfeiler erhob sich unmittelbar vor ihnen über der Wupper. Schmale Griffe führten wie Steigeisen bis zu einem querverlaufenden Steg hoch. Unter dem Steg verliefen die metergroßen Röhren des Fernwärmeheizwerks über den Fluss hinüber. Der 50 cm breite Steg war durch eine niedrige Gittertür versperrt, damit nur Arbeiter der Wuppertaler Schwebebahn die Anlage betreten konnten. Ronja erwog ihre Chancen. Wenn sie einigermaßen schwindelfrei und trittsicher waren, konnten sie auf diesem Weg in 10 Meter Höhe, knapp unterhalb der vorbeifahrenden Schwebebahnen, den Fluss überqueren. Rote Hinweisschilder verboten eindeutig die Passage und zeigten die Lebensgefahr an. Ronja maß kritisch den Abstand zu den stromführenden Oberleitungen. Die Distanz sollte ausreichen, damit kein Lichtbogen der Hochspannungstrasse die Kinder zu Kohlestücke verbrutzeln würde. Andernfalls wäre dieser Überweg ja auch für die Bahnarbeiter zu gefährlich.

«Yapperdapperdu. Ich hab's, wie wir von hier wegkommen», stieß sie jubelnd hervor.

Pablo folgte ihrer Blickrichtung in die Höhe. In seinem Kopf ratterte es nun auch.

«Du meinst?»

«Ja. Wir erklimmen den Brückenpfeiler an den Steigeisen, bis wir in 10 Meter Höhe den schmalen Steg erreichen. Dann klettern wir über den kleinen Absperrzaun und balancieren auf das andere Flussufer hinüber. Dort kommt nach wenigen Metern die nächste Station. Mit der Schwebebahn sind wir blitzschnell aus dem Gefahrenradius rund um die alte Bierbrauerei raus», erklärte Ronja Pablo ihren Plan.

«Okay, wenn du meinst.» Pablo schaute nicht gerade begeistert auf den schmalen Steg in schwindelerregender Höhe.

Dann machten sie es dem kleinen Tigerbaby wieder in dem Jutesack bequem und Ronja hievte sich die Last über ihre Schultern.

Der Roma-Junge folgte ihr, als sie entschlossen auf den Brückenpfeiler zuhielt.

Metallkonstruktion der Schwebebahn über der Wupper

Das Ultimatum

Die Küchenuhr tickte laut in der angespannten Stille. In dem kleinen Fachwerkhaus in Wuppertal-Sonnborn sah Vater Matthias zum wiederholten Mal auf seine Armbanduhr. Die Augenbrauen waren zu einem finsteren Strich zusammengezogen.

Conny versuchte ihre Töchter zu entschuldigen. «Bestimmt haben sie beim Shoppen die Zeit vergessen und kommen gleich zur Tür hereingestürmt.»

«Wir sind nicht mit ihnen nach Wuppertal gefahren, damit sie hier einkaufen gehen. Das können sie zuhause auch», donnerte Matthias gereizt. Er fand seine Töchter ganz schön undankbar. Wie viel Spaß hatten die Kinder einst bei ihrer geliebten Tante Henny erlebt! Pausenlos hatte sich Henriette früher auf alle Aktivitäten mit den Schwestern eingelassen und jetzt ließen die Mädels ihre Eltern so hängen. Unerhört war das! Einfach nur peinlich! Matthias trommelte nervös auf dem weißen Tischtuch.

«Machen wir uns doch nichts vor», klagte Henriette resignierend. «Die guten Jahre mit den Fuchs-Kindern sind unwiederbringlich vorbei. Ich kenne mich in ihrer Welt nicht mehr aus und die Teens finden es sicher mordslangweilig in meinem alten, knarrenden Fachwerkhäuschen!»

«Nicht doch, Tante Henny. So darfst du nicht denken. Ihr müsst erst wieder ein bisschen warm werden miteinander, dann werden sie nicht aufhören, auf dich einzureden. Du wirst schon sehen. Bestimmt hat es einen triftigen Grund, dass sich Ronja und Melissa verspätet haben.»

«Nein, nein. Ich weiß doch selbst, wie vergesslich ich in letzter Zeit geworden bin. Der Gedanke macht mir zu schaffen, dass ich nach und nach meinen Verstand verliere», klagte Henriette bitter. «Es ist absolut verständlich, dass sich Ronja und Maike innerlich von mir entfernt haben.»

«Melissa, Tante, sie heißt Melissa.» Matthias verbesserte Henriette, weil er dem Gespräch nicht gefolgt war.

«Genau, das sagte ich doch gerade! Ich bin alt und vergesslich geworden. Man kann nicht erwarten, geliebt zu werden, wenn man nichts mehr auf die Reihe kriegt!» Wütend mit sich selber schlug die Tante ihre Faust auf den Tisch.

«Henny, bitte. Du darfst die Reaktion der Mädchen nicht überbewerten. Sie wissen zurzeit selber manchmal nicht so genau von sich, wie sie ticken. Da sind so viele unterschiedliche Gefühle in ihnen drin. Glaub' mir, tief in ihren Herzen haben sie dich unverändert lieb wie früher. Sie können es dir im Augenblick nur nicht so gut zeigen.» Conny bat um Verständnis für ihre Töchter in der festen Überzeugung, dass alles genau so stimmte, wie sie in ihren Argumenten behauptet hatte.

«Ich werde unsre Mädels trotzdem nochmals anrufen. Vielleicht erwische ich sie diesmal und kann fragen, wo sie stecken. Darf ich dein Festnetztelefon wieder benutzen, Henny?», entschied der Vater schließlich.

«Na, klar. Hier, bitte! Macht es euch was aus, wenn ich in der Zwischenzeit meine Lieblingssendung im Fernseher anschaue, bis Maike und Jana zurück sind?» Henriette begab sich auf die Couch im Wohnzimmer und Conny konnte ihrem sachorientierten Mann gerade noch geistesgegenwärtig ihren Ellenbogen in die Rippen rammen, damit er nicht erneut die Vornamen der Mädchen verbesserte.

In der Küche spielte das Radio gerade das gemeinsame Lieblingslied der Fuchs-Eltern. Sie blickten einander verliebt an und sahen in der momentanen Abwesenheit der Kinder trotzdem etwas Gutes: Sie hatten auch etwas Zeit zu zweit an diesem Wochenende.

*****

Derweil irrten Melissa und Andrej ziellos über einen belebten Platz in Barmen. Nach dem schrecklichen Anruf mussten sie erst eine neue Strategie finden, wie sie weiter vorgehen sollten. Die Männerstimme hatte sie dringend davor gewarnt, zur Polizei zu gehen. Aber riet man in solchen Fällen nicht immer dazu, dennoch die echten Profis für Verbrechensaufklärung einzuschalten? Melissa versuchte wieder bei Tante Henriette anzurufen. Aber wie die vorderen Male war die Leitung auch diesmal besetzt. Melissa vermutete, dass Tante Henny aus lauter

Gewohnheit den Hörer abgenommen hatte, bevor sie sich zum Mittagsschlaf hingelegt hatte, um nicht gestört zu werden. Hatte sie wohl vergessen, nach dem Aufstehen die Leitung wieder freizugeben?

Unentschlossen liefen die beiden Kinder auf das Polizeipräsidium zu. Da klingelte das Handy erneut. Dieses Mal machte das Fuchs-Mädchen einen verhängnisvollen Fehler.

«Melissa Fuchs?» Automatisch hatte sich die ältere Schwester mit ihrem vollen Namen gemeldet. In der gleichen Sekunde konnte sie sich schon selber kneifen für diesen dummen Ausrutscher. Eine brutale Männerstimme versuchte abermals, sie einzuschüchtern.

«Ein Kind? Du bist nur ein Kind?!» Der Verbrecher schien innerlich zu triumphieren, dass das Gegenüber am anderen Handy gar kein Erwachsener war. «Wage es ja nicht, zur Polizei zu gehen. Ich kann dich ganz genau orten und wenn du dich nicht bis heute um 22 Uhr ruhig verhältst, wird den beiden Gören in meiner Gewalt etwas Schreckliches widerfahren!»

«Wer sind Sie und was wollen Sie von uns?» Melissa versuchte auf Zeit zu spielen.

«Hör zu, Kleine, wir haben das Mädchen und den Jungen längst an einen anderen Ort gebracht. Da könnt ihr lange nach ihnen suchen. Also verhalte dich am besten ruhig. Ich kann jeden Schritt von dir verfolgen. Tu nichts Unüberlegtes oder du wirst es bitter bereuen!»

Dann legte der Mann auf. Versteinert blieb Melissa mitten auf dem Platz stehen. Andrej sah sie entsetzt an.

Was sollten sie nun tun?

*****

Ronja und Pablo machten sich an den waghalsigen Aufstieg. Da die Hauptlast auf den Schultern des Mädchens ruhte, ging sie voran und der kleine Junge folgte ihr. Für Pablo waren die Abstände zwischen zwei Steigeisen viel zu weit und er musste sich mit seinem verstauchten Fuß gehörig anstrengen. Schon zitterten ihm Arme und Beine von der ungewohnten Kletterei.

«Ronja, Hilfe!» Ein entsetzter Aufschrei gellte aus dem Mund von Pablo.

Ronja verlagerte umständlich den großen Jutesack mit dem Tigerbaby von ihren Schultern, um hinter sich zurückzublicken.

Dimitri, der goldbehangene Russe aus dem Tigerhaus, hielt Pablos verletzten Fuß fest in seiner Hand und zog wie verrückt an ihm.

«Aua. Sie tun mir weh!», jammerte der Junge und versuchte nach dem Russen zu treten.

Das hätte er besser nicht tun sollen, denn Dimitri und sein Kumpan wurden dadurch zu noch größerer Brutalität angestachelt. Mit einem energischen Ruck schüttelte der Mann den Neunjährigen vom Brückenpfeiler herunter.

«Lauf weiter, Ronja! Bring dich in Sicherheit, sonst kannst du mir nicht helfen.» Ein letzter Schrei ertönte aus Pablos Mund, bevor sich die mächtige Hand des Räubers davorlegte und ihn zum Verstummen brachte.

Der glatzköpfige Fahrer des Mercedes begann hochzusteigen, um auch Ronja zu schnappen.

Ronja erwachte aus ihrer Schreckstarre. Jetzt gab es keine Zeit mehr für weitere Überlegungen. Schnell über das kleine Gittertörchen hinüber und rauf auf den schmalen Steg! Der Tiger bewegte sich unruhig in dem dunklen Jutesack, aufgeschreckt durch die tiefen Männerstimmen. Ob er seine Entführer wiedererkannte? Das machte es für Ronja nicht eben leichter. Bloß nicht in die Tiefe schauen, wo das Wasser der Wupper rauschte. Sie hatte die atemraubende Höhe von unten kräftig unterschätzt. Aber jetzt gab es kein Zurück mehr. Ohne nachzudenken, rannte sie blitzschnell weiter.

Ein Zug donnerte wenige Meter über ihrem Kopf hinweg. Das Fahrgeräusch war ohrenbetäubend, wenn man so dicht dran war. Ronja keuchte und lief und lief. Der Jutesack mit dem kleinen Tiger wurde ihr allmählich schwer auf den Schultern. Ihre Ohren dröhnten, als der Zug vorbei war. Ihre Lungen pumpten, was sie nur konnten. Aber trittsicher und absolut schwindelfrei stach sie den Erwachsenen um Längen aus.

Dimitris Helfer kam mit der Höhe und dem ungesicherten Steg über der breiten Wupper nicht klar. Zaudernd überstieg er das kleine Absperrgitter, als Ronja bereits auf der anderen Flussseite ankam. Vor Höhenangst wackelte der Russe bedenklich hin und her, als er den Steg betrat. Obwohl der Weg auch für einen Erwachsenen breit genug war, kamen seinen Nerven damit nicht klar. Ein falscher Tritt und er würde über zehn Meter in die Tiefe ins Wasser stürzen. Es schauderte ihn.

Dimitri hielt Pablo im Genick gepackt und schüttelte seine Faust zornig hinter Ronja her. Aber all sein Drohen und Fluchen halfen ihm nicht.

Konzentriert und geschmeidig kletterte Ronja bereits am anderen Ufer von dem grünen Brückenpfeiler herunter. Jetzt rannte sie zur Schwebebahnstation. Kurz darauf nahm sie immer zwei Stufen zugleich die Treppe hinauf, um den sicheren Bahnhof zu erreichen.

Der Glatzköpfige drehte ab. Zu unsicher auf den Beinen nahm er Abstand von einer schwindelerregenden Flussüberquerung. Er war heilfroh, wenn er nur wieder unversehrt festen Boden unter den Füßen erreichte.

Dimitri tobte und griff nach seinem Handy, um eine nur ihm bekannte Nummer anzurufen. Sein Blick ging hinter dem Mädchen her, das mit dem zappelnden Jutesack auf dem Rücken im Treppenaufgang der Station verschwunden war. Eine Schwebebahn mit dem grünen Werbeaufdruck eines Stromanbieters fuhr gerade ein. Der Bahnsteig wurde für ein paar Minuten durch den Zug verdeckt, während die Wartenden einstiegen. Als der Zug wieder anfuhr, blieb die Station leer zurück. Das konnte nur eines bedeuten: das Mädchen war mit der kostbaren Beute eingestiegen und entkommen.

Dimitri zischte fluchend durch seine Zähne und schleuderte einen wütenden Befehl ins Handy. Dann legte er auf.

Dann wandte er sich dem verängstigten Jungen zu. Auf Russisch quetschte er den Schüler aus. Manche Fragen konnte Pablo verstehen, ein anderes Mal zuckte er nur ratlos die Schultern. So sehr ähnlich waren die beiden Sprachen Polnisch und Russisch dann doch wieder nicht. Die beiden Männer waren vom Juniorchef Knoll und seinem Vorarbeiter Iwan über die Gefangennahme der Kinder in der alten Brauerei informiert worden. Ihr Auftraggeber aus Moskau, ein steinreicher Multimillionär, duldete keine Misserfolge. Deshalb standen die beiden Russen unter einem enormen Erfolgsdruck, was das Gelingen ihrer Mission anging. Ihr Boss hatte seinen Reichtum durch illegale Waffengeschäfte angehäuft. Irgendwelche Skrupel kannte er daher auch bei seinen eigenen Mitarbeitern nicht. Augenzeugen und Pannen konnten sie sich nicht leisten. Deshalb hatten die beiden sich sofort auf den Weg in die alte Bierbrauerei gemacht, als der Juniorchef der Baufirma ihnen von der Gefangennahme der Kinder berichtete. Doch wie groß war ihr Entsetzen, als sie den Verschlag mit dem Tigerbaby leer vorfanden. Weder die Kinder noch die Raubkatze waren an Ort und Stelle. Damit fiel der Startschuss für eine hektische Verfolgungsjagd vom Fabrikgelände zum Wupperufer hinunter, an deren Ende Pablo in die Hände der beiden russischen Auftragsräuber gefallen war.

«Wie konnte dir das Mädchen bloß entkommen?», brüllte Dimitri seinen Genossen frustriert an, der vom Brückenpfeiler herabgeglitten war.

Dieser versuchte sich zu verteidigen: «Wir haben wenigstens den Jungen erwischt!»

«Uns läuft die Zeit davon. In wenigen Stunden startet der Heli, um den verwünschten Tiger an Bord zu nehmen und wir haben uns das Raubtier wieder stehlen lassen. Was sollen wir jetzt tun?»

«Wir verlangen den Tiger im Austausch gegen unsere Geisel zurück. Iwan und Knoll sollen die grüne Schwebebahn mit dem Bauwagen verfolgen. Vielleicht fangen sie die Kleine rechtzeitig ab, wenn die Göre versucht auszusteigen.»

Dimitri telefonierte wieder mit dem Vorarbeiter Iwan. «Habt ihr euch an die Hochbahn rangehängt? Es ist die Grüne, die in Richtung Zoo fährt.»

Die Gegenseite schien die Frage positiv zu beantworten, denn ein breites Grinsen zog auf sein Gesicht.

«Gut. Wenigstens etwas. Hauptsache, der Kipper kann das Tempo der Schwebebahn mithalten. Dann bringen wir in der Zwischenzeit den Jungen in Sicherheit. Nein, natürlich nicht mehr in der Brauerei … Okay …» Dimitri dachte nach. Dann sprach er weiter.

«Wenn ihr der Kleinen das Handy abgenommen habt, wird es kompliziert, mit ihr Kontakt aufzunehmen. Wir wollen ihr nämlich ein Ultimatum stellen: das Leben des Jungen gegen die Rückgabe des sibirischen Tigers.»

Am anderen Ende der Leitung wurde längere Zeit geredet. Dann schaltete sich wieder Dimitri ein: «Das ist eine gute Idee, dass ihr dieses andere Mädchen anruft. Schüchtert diese Melissa Fuchs gehörig ein. Sie soll zittern vor Angst und die Flüchtige herbeischaffen, egal wie sie das macht.» Dann legte der Mann auf.

Der glatzköpfige Fahrer und Dimitri machten sich auf den Rückweg zum schwarzen Mercedes. Dann verschwanden sie mit Pablo von der Bildfläche.

*****

Das Handy von Matthias Fuchs klingelte erneut. Wieder erschien Pablos Nummer im Display. Zögernd ging Melissa ran. Jetzt war eh schon alles egal. Die Gegenseite wusste durch ihren Schnitzer sogar ihren vollen Namen. Also half es ihnen auch nichts, das Gespräch wegzudrücken.

«Ja? Wer ist da?», fragte Melissa.

«Das tut nichts zur Sache. Aber für dich zum Mitschneiden: Wir haben den Jungen in unserer Gewalt und wenn du nicht bis heute 17 Uhr das Tigerbaby in die alte Brauerei lieferst, dann passiert etwas sehr, sehr Unangenehmes mit deinem Freund.»

«Aber wie soll ich das denn machen? Ist Ronja nicht bei Ihnen?» Im gleichen Moment hätte sie sich am liebsten auf die Zunge gebissen. Schon wieder eine Information zu viel von sich preisgegeben! Melissa machte zuletzt vor Nervosität Fehler um Fehler. Aber das war wohl verständlich, lastete doch die ganze Verantwortung allein auf ihren Schultern.

«Nein, ist sie nicht», die Männerstimme am anderen Ende wurde böse. «Sie hat sich aus der Brauerei befreit und ist mit dem Tigerbaby in der Schwebebahn abgehauen. Also, sag deiner Ronja, dass sie den Tiger zurückgeben muss, wenn ihr den Bengel lebendig wiedersehen möchtet.»

«Wie soll ich Ronja finden? Ich weiß doch selber nicht, wo sie ist! Geben Sie mir länger Zeit!», bettelte Melissa um Aufschub.

«Bis heute Nachmittag um fünf. Dein Problem, wie du es schaffst. Warum musstet ihr Kinder auch eure Nase in unsere Angelegenheiten reinstecken! Wir sehen genau, wo du bist. Mach also keine Dummheiten!»

Ein Knacken in der Leitung, der Mann hatte das Gespräch beendet.

*****

Melissa kämpfte mit den Tränen. Ihre niedergeschlagene Stimmung legte sich sofort auch auf Andrej. «Was ist mit meinem Bruder? Wo ist Ronja?»

«Ich weiß es nicht. Die Männer behaupten, dass Ronja mit dem Tigerbaby geflüchtet ist und dass nur noch Pablo in ihrer Gewalt ist. Aber, wenn wir den sibirischen Tiger nicht herbeischaffen, drohen sie, dass … dass …» Melissa wollte das Schreckliche lieber nicht aussprechen. In diesem Augenblick wünschte sie sich, die Fuchs-Schwestern hätten niemals entschieden, einen

Ferienfall zu übernehmen und gegen diese Baufirma zu ermitteln. Das hatte sie und auch die Zwillinge in riesige Schwierigkeiten gestürzt.

«Pablo darf nichts passieren! Er ist wie die zweite Hälfte von mir. Ohne ihn bin ich unvollständig», klagte Andrej verzweifelt.

*****

Der Mann am Telefon hatte seine Drohung erneut wiederholt, dass er sie genau orten könne und sie auf keinen Fall die Polizei verständigen sollten. Melissa überlegte, in welcher Schwebebahn Ronja steckte und wohin sie sich als Nächstes mit dem Tigerbaby hinwenden würde. Grübelnd blieben die beiden Kinder auf dem belebten Platz in Wuppertal-Barmen stehen, auf dem zwar viele Menschen entlang schlenderten, aber doch keine Hilfe zu erwarten war. Sollten sie wieder zur Schwebebahnstation zurückgehen und einfach aufs Geratewohl die Strecke abfahren? Aber die Zeit rannte ihnen davon. Melissa versuchte ihre Eltern über Handy zu erreichen, aber anscheinend hatte Conny kein Akku mehr. Und die Festnetznummer von Tante Henny war bei Matthias Fuchs leider nicht eingespeichert. Sie traute sich auch nicht die Warnung der Zoo-Räuber in den Wind zu schlagen und aufs Polizeipräsidium zu gehen. Sie wollte den kleinen polnischen Grundschüler auf gar keinen Fall in Gefahr bringen. Aber tief innen drin wusste Melissa auch, dass das ihre ausweglose Lage weiter verschlechtern würde und sie sich dringend jemandem anvertrauen sollten, der einen besseren Überblick hatte als zwei Kinder, um Ronja und das Tigerbaby rechtzeitig bis 17 Uhr zu finden.

Nur wem und wie? Da hatte Melissa eine Idee.

Wo ist der Ausweg?

Wenn man wie Melissa mit dem Rücken an der Wand einem übermächtigen Feind gegenübersteht, dann gibt es nur eine Lösung: sich Gott anzuvertrauen. Zu dem Gott zu beten, der das Universum in seinen Bahnen hält und der mächtiger ist als die Bedrohung. Wenn du nicht weißt, was richtig oder falsch ist; wem du dich anvertrauen kannst und wem nicht, dann fragst du besser den, der dich nie vergisst und auf deiner Seite steht.

Melissa entschied sich, mitten auf dem belebten Platz in Wuppertal-Barmen stehen zu bleiben und ganz unspektakulär zu Gott zu beten. Sie wusste hinterher nicht mehr, ob sie in diesem Augenblick überhaupt die Augen geschlossen oder die Hände gefaltet hatte. Aber es kam ja auch gar nicht auf die Körperhaltung an. Um Andrej willen sprach Melissa ihr SOS-Gebet aber laut aus, damit auch der kleine Junge ermutigt wurde: «Mein Vater im Himmel, du siehst unsere Notlage. Wir sind verloren, weil wir keine Ahnung haben, wie wir Ronja finden sollen und Pablo befreien können. Trotzdem verlangt dieser Unbekannte von uns, das Tigerbaby auszuliefern. Aber du, Gott, hast doch den Überblick, siehst jeden Menschen in dieser Stadt und kannst uns einen Retter zu Hilfe schicken. Bitte! Amen.»

Es war Melissa auf einmal leichter ums Herz. An den Augen des kleinen Zwillingsjungen konnte sie ablesen, dass es ihm ähnlich ging. Neue Hoffnung begann in ihnen aufzukeimen, obwohl sie noch keinen konkreten Anhaltspunkt hatten, wie sie vorgehen sollten. Ab jetzt würde Gott sich kümmern und ihm wollten sie vertrauen.

*****

Ronja fuhr unterdessen mit der Schwebebahn in Richtung Zoo. Ihre Knie zitterten, als die Anspannung nachließ und sie sich von dem raschen Lauf in schwindelerregender Höhe verschnaufte. Der Jutesack bewegt sich ab und zu, aber keiner der Passagiere reagierte darauf. Sie überlegte, wie sie Pablo am besten helfen konnte. Zwar hatte sie den sibirischen Tiger gerettet, aber dafür ihren neuen Freund an die Gangster verloren. Ob sie den Zugführer wenige Sitze vor ihr in der Fahrerkabine ansprechen sollte? Das Beste wäre wohl, sich an die Polizei zu wenden und ihnen das Autokennzeichen des schwarzen Mercedes durchzugeben. Dann konnten die Verbrecher mit dem gekidnappten Pablo vielleicht doch noch aufgehalten werden. Aber nein, das ging ja nicht, weil sie Pablos Handy mit dem Foto nicht mehr hatte. Was konnte sie nur tun?

Ihr suchender Blick richtete sich nach unten auf die Straße neben dem Fluss, ob irgendwo eine Streife oder Polizeidienststelle zu entdecken war. Parallel zur Schwebebahn verlief die Hauptverkehrsader durch Wuppertal.

Dichter Verkehr rollte unter Ronja daher, der nur hin und wieder von einer roten Ampelanlage unterbrochen wurde, während sie in der Schwebebahn ohne diese Verzögerungen zügig vorwärtskam. Statt dem Gesuchten entdeckte sie auf einmal ein Baufahrzeug der Firma Knoll, das langsam aber stetig hinter der Bahn herfuhr. Es war ein großer Kipper, der eindeutig der grünen Hochbahn folgte.

‹Was ist das denn?!›, dachte Ronja alarmiert. ‹Ich fress' einen Besen, wenn die nicht meinetwegen hier langfahren!›

Ronja wurde es äußerst ungemütlich. Die Aufenthalte an den Stationen reichten immer gerade so aus, dass der schwerfällige Wagen erneut aufholen konnte und an der Schwebebahn dranblieb. Sollte sie es riskieren, auszusteigen oder lieber in der Hoffnung weiterfahren, dass ihr irgendwann doch eine rote Ampel genügend Vorsprung verschaffte? Sie beschloss, einen vertrauenswürdigen Erwachsenen zu bitten, von dessen Handy einen Notruf abzusetzen.

*****

Inzwischen näherte sich eine fröhliche Reporterin des westdeutschen Rundfunks mit einem großen Mikrofon in der Hand Melissa und Andrej. Sie war mit ihrem Technikmann bereits geraume Zeit über den belebten Platz gelaufen und hatte dabei verschiedene Passanten angesprochen.

«Hallihallo, ihr zwei. Bleibt mal stehen. Habt ihr Lust, zwei Freikarten für das Rockfestival zu gewinnen? Wenn ihr euch traut, euer Lieblingslied live fürs Radio vorzusingen, seid ihr bei der großen Tombola dabei. Na, wie wär's?» Freudestrahlend lächelte die Frau die beiden an.

Melissa war total genervt. ‹Wir haben echt andere Sorgen›, dachte sie zuerst. Doch dann überlegte sie es sich anders. Ein Gedankenblitz, wohl vom Himmel geschickt, kam ihr plötzlich in den Sinn.

«Dürften wir auch einen Gruß an unsere Familie sagen, wenn wir bei dem Vorsingen mitmachen?»

Andrej schaute sie fassungslos an, sodass Melissa bei aller Dramatik fast aufgelacht hätte. Der dachte wohl von ihr, dass sie komplett durchdrehte.

«Na, klar, wenn ihr euch kurzfasst.» Die Reporterin nickte ihr ermutigend zu.

«Okay, dann sind wir dabei.» Melissa kramte kurz entschlossen in ihrem Gedächtnis, bis sie ein passendes Lied gefunden hatte. Singen konnte sie gut. Sie liebte es, bei den Adonia-Musicalcamps für ein Solo anzutreten. Das war gar kein Problem für sie. Im Musikunterricht durften sie auch ab und zu einen aktuellen Song aus den Charts für ihre Zensuren vortragen, sodass sie immer etwas im Repertoire hatte. Sie nickte dem WDR-Team zu, dass es losgehen konnte.

Die Reporterin brachte ihr Mikrofon in Position und der Technikmann zählte mit den Fingern von drei rückwärts. Dann waren sie auf Sendung.

Melissa konzentrierte sich und legte los. Mit kräftiger Stimme gab sie ihr Bestes und sang mit glockenheller Stimme gefühlvoll ihr Lieblingslied. An der verblüfften Reaktion der Radioreporterin merkte sie, dass sie aus dem Gekrächze der anderen Passanten positiv herausgestochen hatte.

«Mit diesem Lied grüße ich meine Familie in Sonnborn bei Tante Henny. Papa, wenn du das hörst, denke immer an deine Tochter, die dich auf der Königsburg gerettet hat. Heute bist du an der Reihe! Jetzt gleich!» Deutlicher zu werden, traute Melissa sich nicht. Sie hoffte, dass ihr Vater das stets dudelnde Radio in Tante Henriettes Wohnzimmer wahrnehmen würde und den Hinweis verstehen würde. Darin spielte sie auf ein Abenteuer im Elsass an, das sie im letzten Sommerurlaub erlebt hatten und wo die beiden Fuchs-Töchter ihre Eltern aus einer brenzligen Situation befreit hatten.

Andrej grinste auf einmal schlau und ergänzte geschwind zwei Sätze in der Roma-Sprache, bevor der Techniker den Ton abschaltete.

«Du wolltest wohl auch deine Familie grüßen?», erkundigte sich die WDR-Frau teilnahmsvoll bei ihm.

«Ja, richtig. Wenn man schon mal die Gelegenheit hat», entgegnete er trocken.

Nachdem ihre Adresse für die Zustellung eines möglichen Gewinns aufgenommen worden war, verabschiedete sich das Rundfunkteam von den beiden Kindern und zog weiter.

Andrej sah Melissa verschwörerisch an, kam aber nicht dazu, weitere Erklärungen abzugeben. Denn erneut klingelte Melissas Handy.

«Eine Festnetznummer aus Wuppertal», meinte das Fuchs-Mädchen nachdenklich. «Soll ich drangehen? Was meinst du, Andrej?»

«Klar. Schlimmer kann es doch gar nicht mehr kommen!»

«Hallo?» Zögernd meldete sich Melissa.

«Hier ist Papa. Gut, dass ich dich erreiche. Hast du uns mit deinem Gruß im Radio einen Schrecken eingejagt. Wo steckt ihr zwei bloß? Geht's euch gut? Seid ihr in Schwierigkeiten?» Der Vater klang aufgeregt.

«Ach, Papa. Gut, dass du anrufst. Ja, wir stecken krass in Schwierigkeiten und bei Tante Henny war die Leitung immer besetzt und ich wusste mir nicht mehr zu helfen …» Melissas Stimme zitterte, so nahe war sie den Tränen.

«Jetzt beruhige dich erst mal und dann erzählst du mir eins nach dem anderen. Zusammen werden wir eine Lösung finden, okay?» Ihr Vater strahlte eine unendliche Ruhe und Liebe aus.

So fiel es Melissa leichter, mit ihrer langen Beichte zu beginnen. Sie erzählte von Anfang an, wie sie am Zoo die Spur der Tigerräuber aufgenommen hatten und was sich daraus an Verwicklungen ergeben hatte. Dabei versuchte sie Ronjas unglückliches Vorpreschen an der alten Bierbrauerei möglichst rasch zu überspringen. Innerlich konnte sie genau das Stirnrunzeln ihres Vaters bei diesen Worten vor sich sehen. Aber jetzt war nicht der richtige Augenblick für Schuldzuweisungen und Vorwürfe.

Matthias Fuchs dachte blitzschnell nach. Dann entwarf er einen Schlachtplan. «Du bleibst an Ort und Stelle, Melissa. Falls der Mann euch wirklich orten kann, möchte ich nicht, dass er euch in einer menschenleeren Straße auch noch erwischt. Ich gehe mit dem Autokennzeichen zur Polizei und erstatte Anzeige und kümmere mich um die Suche nach Ronja und dem Tigerbaby. Ihr verlasst auf keinen Fall diesen belebten Platz, bleibt immer in der Nähe von Menschen. Dann kann euch gar nichts passieren. Sag deinem Freund, alles wird gut. Die Polizei wird seinen Zwillingsbruder finden.»

Dann legte der Vater auf, nahm seine Frau Conny mit und sprang im Sturmschritt die Treppe zur Haustür hinunter.

*****

Die Schwebebahn verließ am Bahnhof Zoo das Flussbett der Wupper. Ronja hatte nicht gewagt auszusteigen, da der Kipper der Baufirma Knoll immer dicht hinter ihrem Zug herfuhr. Gerade wollte sie eine dunkelhaarige Frau mit Kopftuch ansprechen. Die schrieb mit ihrem Handy eine Nachricht und sah richtig nett aus. Da stockte Ronja, die nur wenige Meter hinter der Fahrerkabine saß, der Atem.

Der Kipper überholte mit zu hoher Geschwindigkeit die Schwebebahn und fuhr auf die Kreuzung vor ihnen zu. Ronja sah das leuchtende Rot der Ampel, auf die der Kipper zuhielt. Doch der Fahrer ignorierte diese, da die Kreuzung leer war. Aber da tauchte hinter einem Bürogebäude unerwartet ein Reisebus auf und kam dem Kipper in die Quere. Der Kipper-Fahrer steuerte scharf nach links, um dem Bus auszuweichen, und verlor dabei die Kontrolle über das Fahrzeug. Ein hässliches Bremsenquietschen ertönte; dann ein ohrenbetäubender Knall, als der Kipper schleudernd in den Brückenpfeiler der Schwebebahn krachte. Der grüne Metallträger neigte sich bedrohlich und die stromführende Schiene der Schwebebahn wurde mit einem hässlichen Knirschen aus der Führung gerissen. Wieder ein schrilles metallenes Geräusch; dieses Mal von der Notbremse der Hochbahn, als sich der Zug dem defekten Gleisstück näherte. ‹Nur noch Sekunden, dann ist mein Leben zu Ende›, dachte Ronja starr vor Schreck. ‹Wir werden entgleisen und abstürzen!›

Ein heftiger Ruck schüttelte die Insassen der Schwebebahn durch, als der Fahrer die Notbremsung vollendete. Dann pendelte der Wagen wild vor der Unfallstelle aus. Die Zeit stand auf einmal still. Einige Passagiere schrien auf, ein Jugendlicher war zu Boden gestürzt und hatte sich verletzt. Die Schwebebahn stand nur wenige Zentimeter vor der defekten Trasse. Das Gesicht des Zugführers war von Schweißperlen bedeckt, in seinen Augen stand die pure Panik. Die Stromleitung war durch den heftigen Aufprall aus ihrer Verankerung gerissen worden und sprühte wenige Zentimeter vor ihnen bedrohlich Funken und Blitze. 700 Volt tanzten da vor ihnen auf und ab und drohten den ganzen Wagen in Brand zu setzen. Beißender Rauch drang von draußen herein.

Ronja spürte Todesangst. Würde die Hochbahn am Ende doch abstürzen oder durch einen Brand in acht Meter Höhe völlig zerstört werden? Hier in Sonnborn befand sich die Schwebebahn zwar an der niedrigsten Stelle der Streckenführung durch Wuppertal, aber zum Rausspringen war es trotzdem viel zu hoch. Die Passagiere konnten sich nicht eigenständig aus dem Abteil befreien, selbst wenn sie den Notausstieg aufbekamen.

Wie kleinlich kam ihr auf einmal ihr Gemecker über den Besuch der Fuchs-Familie in Wuppertal vor. All ihre Beschwerden über Tante Henriette, die alt und sonderbar geworden war, kamen Ronja in diesem Augenblick so unwichtig und lieblos vor. Es tat ihr einfach nur noch leid, wie oft sie in den vergangenen Stunden schlechte Laune verbreitet und gestänkert hatte. Flammen leckten nach der grünen Schwebebahn, die ironischerweise Werbung für Ökostrom trug. Wie ein Film liefen vor Ronjas Augen Szenen aus früheren Besuchen in Wuppertal bei Tante Henny ab. Sie sah sich selber wieder als Vierjährige vor Freude jauchzen, als sie auf dem Dachboden das blaue Glitzerkleid anprobierte. Später jagte sie mit Melissa durch das herrlich knarrende Fachwerkhaus und versteckte sich vor dem schrecklich gefährlichen Krokodil, das die Tante hingebungsvoll für sie spielte. Wie oft hatten sich die Fuchs-Schwestern vor Lachen fast in die Hose gemacht. Ein Gefühl von Liebe für die zerbrechliche Tante durchflutete unerwartet Ronjas Herz. Da war sie wieder: ihre alte Liebe aus Kindertagen. Sie war nur verschüttet gewesen in den letzten Jahren, wo sie sich nicht mehr so oft gesehen hatten. Aber sie war immer noch da. In diesem Moment hätte Ronja alles dafür gegeben, wenn sie statt in dem brennenden Waggon an Tante Hennys Kaffeetafel sitzen könnte. Selbst wenn sie sich ein wenig dabei langweilen würden. Auf einmal merkte sie, dass sie sich selber gar nicht mehr so wichtig nehmen musste und einfach bei einer Sache dabei sein konnte, die mehr dem anderen als ihr selbst diente. Wenn sie durch ein Wunder von Gott überleben würde, dann wollte sie die verbliebene Zeit des Wochenendes nutzen, um ihre Tante Henriette mit all ihrer Liebe und Aufmerksamkeit zu verwöhnen. Das schwor sich Ronja in diesen Minuten der Angst.

*****

Polizeifahrzeug in der Innenstadt von Wuppertal

Matthias und Conny Fuchs waren nach dem Telefonat mit Melissa ins Auto gesprungen und losgerast, um das nächstgelegene Polizeirevier in ihrem Stadtteil aufzusuchen. Plötzlich kam vor ihnen der Verkehr zum Stillstand. Genervtes Hupen ertönte von überall her, dann Sirenen aus weiter Ferne.

«Schau mal, Matthias, ein Unfall mit der Schwebebahn.» Conny deutete auf einen querstehenden Kipper weit vor ihnen, der einen Brückenpfeiler fast vollständig umgeknickt hatte.

«Oh nein, das darf doch nicht wahr sein!», rief Matthias erregt aus. Einsatzfahrzeuge der Polizei und Feuerwehr näherten sich von hinten und bahnten sich mühsam einen Weg durch die verstopfte Straße. An Weiterfahren war nicht mehr zu denken.

«Merkwürdig», sprach Conny tief in Gedanken mit sich selbst. «Auf dem Kipper steht ‹Bauleistungen Knoll›. Genauso hieß doch die Firma, von der uns Melissa eben berichtet hat.»

Wie in Trance stieg die Mutter aus ihrem Wagen aus. «Ich gehe mir das mal aus der Nähe anschauen.» Dann lief sie zu der Unfallstelle vor. Polizisten sperrten die Straße um den Kipper herum ab. Feuerwehrmänner rannten hektisch herum und versuchten Zugang zu den eingeklemmten Männern in dem Baufahrzeug zu erhalten. Ein weiterer Löschzug rollte mit lauter Sirene heran und fuhr eine Hebebühne zu der grünen Schwebebahn hoch. Der technische Einsatzleiter telefonierte fieberhaft mit dem Wuppertaler Verkehrsbetrieb, um unverzüglich die Stromzufuhr in der Hochspannungsleitung unterbrechen zu lassen. In dem ganzen Durcheinander versuchte Conny vergebens, einem Polizisten von der Entführungsgeschichte ihrer Tochter zu erzählen.

«Hören Sie zu, diese Firma Knoll von dem verunglückten Baufahrzeug hat einen polnischen Jungen verschwinden lassen. Bitte, Sie müssen den Fahrer des Kippers fragen, wo das Kind versteckt gehalten wird!»

«Zurücktreten bitte! Bleiben Sie doch bitte in Ihrem Auto sitzen, gute Frau.» Unfreundlich wurde Frau Fuchs zurechtgewiesen. Aber so schnell gab sie nicht auf. Wenn die Männer im Kipper lebensgefährlich verletzt waren, konnte es vielleicht für immer zu spät sein, den Aufenthaltsort von Pablo herauszubekommen. Die

Zeit drängte, denn das Ultimatum lief in einer Stunde ab. Die Mutter hielt Ausschau nach einem anderen Polizeibeamten. Aber alle waren sehr beschäftigt, die Rettungsarbeiten der Feuerwehr abzusichern. Connys Blick ging hoch nach oben, wo die Schwebebahn traurig über ihrem Kopf hing. Ein beißender Rauch breitete sich aus. Die Passagiere taten ihr leid. Alle saßen blass und stocksteif auf den Plätzen.

Plötzlich sackten Conny fast die Beine weg. Das war doch Ronja, die da hinter dem Fahrer saß. «Meine Tochter. Da ist meine Tochter!», rief sie lauter aus, als ihr selber bewusst war.

Ronja nahm den Ruf ihrer Mutter Conny anscheinend trotz des ganzen Chaos wahr. Mit angstverzerrtem Gesicht schaute sie die Mutter tief unter sich an. Dann machte sie symbolisch das «Pray-for-me»-Zeichen hinter der Fensterscheibe, indem sie ihre gefalteten Hände hochhob.

Jetzt kamen zwei Polizisten schnellen Schrittes auf die Mutter zu, die eine hysterische Angehörige befürchteten, die die Rettungsarbeiten behinderte. Wie eine Mauer bauten sie sich vor Frau Fuchs auf.

Conny nickte Ronja schnell mit Tränen in den Augen zu, dann wurde sie schon von der Unfallstelle weggeführt. «Aber meine Tochter sitzt da drin und diese Baufirma hat den sibirischen Tiger gestohlen und einen Jungen verschwinden lassen. Bitte, Sie müssen uns helfen», redete sie drängend auf die Polizisten ein, die mit ihrem Kopf schon wieder bei anderen dringenden Aufgaben waren.

«Ja, ja, wir kümmern uns um alles. Lassen Sie uns unsere Arbeit machen, dann können Sie Ihr Kind am schnellsten wieder in die Arme schließen.» Die Männer hatten offensichtlich gar nicht zugehört, was sie gesagt hatte.

Wie gelähmt stieg Conny zu Matthias ins Auto ein, um ihn über alles zu informieren. «Ronja sitzt da oben in der Bahn fest, Matthias, und jeden Augenblick kann das Feuer auf den Zug übergreifen. Aber ... wir können überhaupt nichts tun», schluchzte die Mutter verzweifelt. «Alles ist so ausweglos: Melissa wird von Verbrechern geortet und mit Anrufen terrorisiert, der Junge ist entführt. Die ganzen Einsatzkräfte sind auf den Unfall konzentriert und ich habe überhaupt nichts ausrichten können.»

Der Vater war sprachlos. Nach einigen Minuten besann er sich und fasste die erhaltenen Informationen zusammen. «Okay. Wir sind völlig von Autos eingekeilt. Wir könnten nicht mal wegfahren, selbst wenn wir es wollten. Wir können wirklich nur das tun, worum Ronja dich gebeten hat: Für sie und die ganze Situation zu beten.»

Das taten die Eltern dann auch. Mit geschlossenen Augen blendeten sie das ganze Chaos am Unfallort aus, um sich besser konzentrieren zu können. Trotz Verzweiflung und Angst im Herzen bestürmten sie Gott und baten ihn immer wieder um Schutz für ihre beiden Kinder, die Rettung der verunglückten Schwebebahn und die Befreiung des entführten Pablo. Dabei vergaßen sie völlig, was um sie herum geschah, so sehr konzentrierten sie sich in diesen Minuten auf Gott.

Die Rettung

Rudko, Mario, Adrian, Jelena und Zeko standen mit ihren Handys bei der Skaterbahn herum, als sie Andrejs Gruß im Radio hörten. Die Radiosendung mit dem Gewinnspiel hatte in der Stadt Kultstatus und wurde von vielen gehört.

Andrej sagte gerade in der Insider-Sprache der Roma: «Wenn ihr das hört, Leute, dann helft meinem Zwillingsbruder Pablo! Er ist in einem schwarzen Mercedes mit folgendem Kennzeichen entführt worden. Wuppertal-ST-208. Um 17 Uhr läuft das Ultimatum für seine Freilassung aus. Sagt es in allen euren sozialen Netzwerken weiter!»

«Oh, das müssen die kleinen Zwillinge aus Elberfeld sein», sagte Jelena überrascht.

«Die scheinen ja schlimm in der Patsche zu stecken», schloss sich Rudko an. «Wir könnten doch mit unseren Boards ein bisschen in der Gegend rumfahren und schauen, ob wir den schwarzen Mercedes entdecken.»

«Ja, das ist cool. Mir ist eh schon ganz kalt vom Rumstehen.» Jelena war zu dünn bekleidet für die Novembertemperaturen.

«Und ich schreibe es gleich noch in unsere Familiengruppe rein und an die anderen aus der Schule.» So breitete sich der Radiogruß in Blitzgeschwindigkeit immer weiter über die Netzwerke aus. Die fünf Jugendlichen brachen auf und fuhren die Nebenstraßen und Parkplätze in ihrem Stadtteil ab.

Seit dem Radioaufruf von Andrej breitete sich die Nachricht rasant unter allen Roma-Mitgliedern aus. Egal, in welchem Alter oder aus welchem Stadtteil die Menschen kamen, sie gehörten zu einer großen Familiensippe, in der man sich gegenseitig unterstützte und half. Das Zusammengehörigkeitsgefühl unter ihnen war in guten Zeiten schon groß, umso mehr in einer Krisensituation. Jeder Roma kontaktierte wiederum alle seine deutschen und ausländischen Freunde und Bekannte. Mit einem Schlag sahen sich viele tausend Menschen in Wuppertal nach dem schwarzen Wagen um, während Melissa und Andrej tatenlos über den Platz in Barmen bummelten. Melissa war heilfroh, dass ihr die schreckliche Verantwortung für die Entführung von Papa abgenommen worden war und hielt sich gehorsam an das Gebot des Vaters, auf dem belebten Platz zu bleiben.

Rudko, Mario, Adrian und Zeko staunten nicht schlecht, als Jelena ihnen vom Park-and-ride-Parkplatz in der Nähe der Endstation der Schwebebahn aufgeregt zuwinkte. Sie fuhren auf ihren Rollbrettern zu ihr hinüber und sahen das gesuchte Auto mitten unter den vielen Pendlerautos stehen. Die Jungs und Jelena konnten ihr Glück kaum fassen und pilgerten zunächst planlos um das Fahrzeug herum, um die Lage zu sondieren. Ein mutiger Vertreter der Gruppe probierte alle Türen des

Wagens aus. Doch diese waren verschlossen. Lautstark diskutierten die Teenager in ihrer Sprache, was sie als Nächstes tun sollten, als plötzlich laute Klopfgeräusche aus dem Innern des Kofferraumes kamen.

«Was ist das?», meinte Rudko. «Habt ihr das auch gehört?»

«Lass uns den Wagen aufbrechen. Los, schnell, bevor einer kommt! Bestimmt ist das Pablo», riet Zeko.

«Um allen Vorurteilen gegen uns ‹Roma› recht zu geben, dass wir immer nur einbrechen und stehlen würden? Nein, nicht mit mir! Ich möchte nicht in den Jugendknast gehen» protestierte Jelena. «Lasst uns lieber die Polizei anrufen und abwarten.»

«Die glauben uns sowieso nicht. Ein Roma ist für sie eh ein halber Verbrecher!» Adrian hatte zuletzt schlechte Erfahrungen gemacht.

«Außerdem haben wir es mit gefährlichen Entführern zu tun. Wer weiß, wann die Kidnapper wieder zu ihrem Wagen zurückkehren? Das kann ja ewig dauern, bis eine Polizeistreife zu uns herausfährt.» Dabei beobachtete Zeko nervös den Parkplatz, ob schon jemand zu ihnen hinüberschaute, der wie ein Verbrecher aussah.

Unentschlossen kreisten die Jugendlichen um den schicken Mercedes. Was sollten sie als Nächstes tun?

*****

Der Rauch hüllte die grüne Schwebebahn zunehmend

ein. Der Fahrer hatte inzwischen den Notausstieg von Hand geöffnet. Die Hebebühne des Löschzuges war ganz ausgefahren worden und befand sich jetzt auf einer Ebene mit der Zugkabine. Nachdem die stromführende Oberleitung ausgeschaltet worden war, konnten die Rettungskräfte ohne Gefahr für sich den eingeschlossenen Fahrgästen zu Hilfe eilen. Zwei Feuerwehrmänner löschten flink das entstandene Feuer, ein dritter half den geschockten Passagieren beim Hinübersteigen. Dann fuhr die Hebebühne das erste Mal abwärts und transportierte die Menschen hinunter auf die Straße.

Oben im Waggon wurde derweil die nächste Ladung Passagiere vorbereitet. Ronja stand von ihrem Sitzplatz auf, denn nun war sie an der Reihe, aus der Schwebebahn geborgen zu werden.

«Komm, Mädchen. Du warst sehr tapfer und hast super Ruhe bewahrt», wurde sie von dem Zugführer gelobt.

Ronja grinste gekünstelt. Tief in ihr drinnen fühlte es sich zwar anders an, aber gut, wenn sie so gefasst rüberkam.

Da schrie eine elegant gekleidete Dame direkt neben ihr auf: «Ein Tiger! Hilfe, ein Tiger in der Schwebebahn!» Dann sackte die Frau auf ihren Sitzplatz ohnmächtig zusammen, weil ihr der Kreislauf vor Schreck versackte.

Das kleine Tigerbaby hatte sich aus dem Jutesack befreit und streckte unschuldig blinzelnd den Kopf aus dem Sack.

Ronja begann vor Erleichterung lauthals zu lachen, obwohl es eigentlich nicht zum Lachen war, dass die Frau in Ohnmacht gefallen war und konnte sich gar nicht mehr einkriegen. All die ausgestandenen Ängste des ganzen Nachmittags fielen von ihr ab und sie fand die Panik ihrer Mitreisenden völlig übertrieben. Im Vergleich zu den brutalen Auftragsräubern in der alten Brauerei, dem todesmutigen Rennen über die Fernheizungsrohre unter der Schwebebahn hindurch und dem durchgemachten Entsetzen beim Zugunglück war der kleine Tiger nur ein putziges Problem. «Das Kätzchen hier will erst mal ein Tiger werden. Momentan wiegt es weniger als ein Mops und ist handzahmer als ein Wellensittich!», sagte sie prustend vor Lachen, während sie den Tigerkopf sanft zurück in den Jutesack steckte.

Die anderen Fahrgäste stimmten in ihr Gelächter mit ein. Zu fantastisch war die ganze Situation und zu riesig die Erleichterung über die Rettung. Der Adrenalinspiegel fiel bei allen Betroffenen spürbar ab. Alle waren erleichtert, das schaukelnde Zugabteil in acht Meter Höhe verlassen zu dürfen.

Der Feuerwehrmann gab Ronja die Hand und half ihr beim Umsteigen mit dem putzmunteren Tigerbaby im Jutesack. Draußen war die Luft viel stärker von Brandgasen erfüllt als im Wageninnern und beißend für Augen und Bronchien. Ronjas Blick nach unten auf die Straße verschwamm, weil ihr die Augen tränten. Beruhigend sprach sie auf den kleinen Tiger ein, der am liebsten aus seinem dunklen Sack ausgebüxt wäre. Unerschrocken übernahm der Feuerwehrmann das Raubtier zu sich in die Rettungsbühne und brummte nur: «Das habe ich in 30 Dienstjahren auch noch nie erlebt.»

Dann ging es hinab. Unten auf der Straße warteten Sanitäter und Polizisten auf die Leute, um sie aus der Gefahrenzone weg zu geleiten.

Ronja gab einem uniformierten Beamten den kleinen Tiger mit den Worten: «Das ist der gestohlene Tiger aus dem Zoo. Passen Sie gut auf ihn auf und suchen Sie Pablo!» Weiter kam sie nicht, denn ein mächtiger Hustenanfall hinderte sie am Weitersprechen. Die Rauchgase außerhalb der Schwebebahn hatten ihre Atemwege stark gereizt. Keuchend rang sie um Luft, aber nichts ging mehr. Trotz ihres Protestes wurde sie rasch von einem Sanitäter zu einem Krankenwagen geführt, bevor sie eingehender auf die Entführung des polnischen Jungen hinweisen konnte.

«Aber ich muss doch …», fing sie immer wieder von vorne zu diskutieren an.

Doch nichts half. Ein kräftiger Mann drückte sie sanft, aber bestimmt auf ihren Platz in dem Krankenwagen. Schließlich fügte sich Ronja abgekämpft und zu atemlos zum Sprechen in die medizinische Behandlung ihrer Rauchvergiftung. ‹Wer wird sich nun um Pablo kümmern?›, waren ihre letzten Gedanken, als man ihr ein Inhalationsgerät vor den Mund streckte und sie zum Einatmen anhielt.

*****

Rudko, Mario, Adrian, Jelena und Zeko standen immer noch ratlos um das Auto herum, als vom Auto her plötzlich ein Piepen und ein Klicken ertönten. Das Autoschloss schnappte auf und mit einer federnden Bewegung öffnete sich der Kofferraum.

Fünf jugendliche Gesichter tauchten im Gesichtsfeld des gut verschnürten Pakets auf.

«Mmmmhh», stöhnte die Kinderstimme, als Tageslicht in das dunkle Versteck fiel. Wütend blitzte es aus Pablos tiefbraunen Augen. Ihm taten alle Knochen weh von der unbequemen Zwangslage.

«Stopp! Stopp!», rief eine aggressive Männerstimme hinter den fünf Roma-Jugendlichen. Zwei grimmige Männer rannten aus einer Gasse zwischen den Autos auf sie zu.

Es waren die russischen Auftragsräuber aus der Brauerei, die Pablo entführt hatten.

Die Teenager hätten sich durch Weglaufen blitzschnell selbst retten können, aber dann hätten sie den kleinen Jungen im Auto zurücklassen müssen. Das kam für sie nicht in Frage: ein Familienmitglied im Stich zu lassen, wenn es in Not war! Ein solches Verhalten wäre undenkbar gewesen für die fünf Freunde. Stattdessen bauten sie sich schützend vor dem Kofferraum auf. Ein wagemutiger Roma-Junge zückte zur Verteidigung sein Taschenmesser.

Die beiden Männer zogen im Gegenzug ihre Pistolen und das kleine Messer wirkte angesichts der bedrohlichen Schusswaffen wie ein Kinderspielzeug. Würden die Verbrecher auf die Jugendlichen schießen?

50 Meter neben ihnen, am Rand des Parkplatzgeländes, ertönte auf einmal eine Polizeisirene. Der Motor sprang an und ein privater PKW mit Blaulicht raste in die Lücke zwischen den beiden Russen und den Kindern.

Zwei Polizisten in Zivil sprangen mit gezückten Dienstwaffen aus dem unscheinbaren Fahrzeug und gingen auf Dimitri und seinen Kumpel los. «Waffen weg und schön langsam hoch mit den Händen!», brüllte ein Polizist und befahl den Russen, sich gegen ihr Fahrzeug zu lehnen. Dann wurden ihnen die Pistolen abgenommen und schon rasteten die Handschellen ein. Die beiden Männer wurden in den Polizeiwagen verfrachtet.

Die Polizeibeamten hatten den Auftrag gehabt, am Park-and-ride-Parkplatz als Zivilstreife Patrouille zu fahren, da hier in letzter Zeit öfters Autos geknackt wurden. Dabei war ihnen die Gruppe von Roma-Jugendlichen negativ aufgefallen, die um ein schickes Luxusauto herumstrolchten. Die beiden Beamten warteten ab, um die Jugendlichen auf frischer Tat zu ertappen. Als aber die Männer mit den Pistolen auftauchten, sahen sie sich gezwungen, sofort einzuschreiten.

«Stehengeblieben, ihr Bengels!», brüllte der andere Polizist die Jungs an, bevor diese verduften konnten. Sie waren in seinen Augen nicht weniger verdächtig.

«Aber wir wollten doch nur unseren Freund befreien», stammelte der Vorsichtige von der Gruppe. «Wir haben nichts gemacht.»

«Doch, ein Auto aufgebrochen!», erwiderte der Beamte trocken.

«Nein, die Hecktür sprang von alleine auf!», protestierte Mario. «Die Typen da haben diese mit der Fernbedienung am Schlüssel geöffnet.»

Der Polizist glaubte ihm nicht und trat auf das Auto zu, um die Hecktür nach Aufbruchspuren abzusuchen. Als er den zusammengeschnürten Pablo im Kofferraum erblickte, veränderte sich seine Miene. «Harry, komm mal her! Schau mal, ein entführtes Kind. Junge, gib mir dein Messer, damit wir den Jungen befreien können!»

Zeko reichte dem Polizisten das Klappmesser.

Die beiden Polizisten schnitten Pablos Fesseln durch und halfen dem benommenen Jungen aus dem Kofferraum heraus. Zuletzt entfernten sie das Klebeband von seinem Mund.

«Danke.» Pablo strahlte alle an, die Polizisten in Zivil sowie die Jungendbande von Romas, die er nur entfernt kannte. Wie es zu seiner Rettung gekommen war, konnte er noch nicht so recht nachvollziehen, aber er war heilfroh darüber.

Die Polizisten konnten keine Verstärkung anfordern, da alle Diensthabenden bei dem Schwebebahnunfall beschäftigt waren. Daher nahm der eine Polizist die Namen der Jugendlichen auf, während der andere zuerst die beiden Russen aufs Präsidium nach Wuppertal-Barmen fuhr, um anschließend seinen Kollegen mit Pablo abzuholen.

Rudko, Mario, Adrian, Jelena und Zeko gingen kopfschüttelnd wieder Skateboard fahren. Mann, das war ein Krimi gewesen! Ein Glück, dass die Männer nicht auf sie geschossen hatten!

*****

Ronjas Hustenreiz legte sich allmählich.

«Mir geht es schon wieder gut. Alles in Ordnung», strahlte sie den Notarzt, der nach ihr schauen kam, mit einem selbstbewussten Lächeln an. «Ich möchte zu meinen Eltern.»

«Einen Moment noch», dann eilte er wieder davon, um sich anderen Patienten zu widmen.

Für einen Augenblick waren alle abgelenkt und Ronja nutzte die Gelegenheit. Leise legte sie das Inhalationsgerät weg und kletterte aus dem Krankenwagen. Dann lief sie rasch die Straße hinunter bis zum Auto der Familie Fuchs, das Matthias in der Zwischenzeit auf den Parkplatz einer Metzgerei gestellt hatte. Die meisten Fahrzeuge hatten gewendet und sich einem Stau in einer anderen Straße angeschlossen.

Ihre Eltern saßen mit gesenktem Kopf und gefalteten Händen auf ihren Sitzen. Sie schauten nicht auf, so konzentriert waren sie im Gespräch mit Gott.

Ronja klopfte mit der flachen Hand gegen die Autoscheibe und grinste die beiden frech an. Als Matthias die Tür aufriss, empfing sie ihn gespielt pampig: «Na, endlich! Gibt es heute auch mal irgendwann Kaffee und Kuchen? Mir knurrt schon der Magen. Ey, manno, ist das alles öde hier!»

Den Eltern verschlug es die Sprache. Sie konnten nicht mal mehr meckern über die Verspätung oder die abenteuerlichen Detektivspiele am Ufer der Wupper. So perplex waren sie, was Ronja offensichtlich auch beabsichtigt hatte. Zutiefst erleichtert sprangen Conny und Matthias aus dem Auto und schlossen ihre jüngste Tochter in die Arme.

Die Mutter schluchzte immer wieder: «Ich bin so froh, dass dir nichts passiert ist, Ronja. Als ich dich da oben in der Schwebebahn sah, dachte ich, ‹Jetzt ist alles vorbei›!»

«Ach, Mutti, mach' dir nicht immer so viele Sorgen. Gott hat gut auf mich aufgepasst!» Sie überspielte gekonnt, wie sehr ihre Knie zitterten, wenn sie in Gedanken die Ereignisse der letzten Stunden noch mal durchlebte.

Ein Sanitäter bahnte sich mit einem Polizisten im Schlepptau den Weg zu ihnen. «Bist du die Kleine, die den Tiger in der Schwebebahn spazieren geführt hat und mir aus dem Krankenwagen abgehauen ist?» Der Mann schien das nicht besonders amüsant zu finden.

«Öhm, ja. Bekenne mich in allen Punkten der Anklage für schuldig.» Ronja war definitiv völlig überdreht von den turbulenten Ereignissen. Im normalen Leben hätte sie sich nie getraut, so eine vorlaute Antwort zu geben. Sie lächelte die beiden Männer entwaffnend an.

Der Polizist machte sich ein paar Notizen zu den Geschehnissen und nahm ihre Personalien auf. Dann lief er zurück zum Streifenwagen, um die Information von dem entführten Roma-Kind an die Leitstelle durchzugeben.

Als er zurückkam, wirkte er sichtlich erleichtert: «Ich kann euch ein paar gute Nachrichten weitergeben. Die beiden Russen wurden an der Endstation der Schwebebahn verhaftet. Deinen Pablo konnte man aus dem Kofferraum ihres Mercedes befreien. Er ist wohlauf.»

«Juhu», schrie Ronja begeistert auf und umarmte den Polizisten spontan. «Wir haben das Tigerbaby befreit, die Verbrecher festgenommen und Pablo wiedergefunden. Was für ein perfekter Tag.» Dann bekam sie erneut einen Hustenanfall, was Kopfschütteln bei dem Sanitäter über diese unvernünftige Patientin auslöste.

Conny und Matthias schauten in den grauen Novemberhimmel hoch, aus dem inzwischen ein feiner Nieselregen auf sie niederfiel. Über ihren Köpfen hing die verrußte Schwebebahn traurig in der zerstörten Trasse. Sie war inzwischen vollständig leergeräumt worden. Ein Rettungswagen nach dem anderen fuhr von der Unfallstelle davon. Die eingeklemmten Männer waren aus dem Baufahrzeug befreit worden. Ein paar ältere Passagiere wurden zur Behandlung der Rauchgasvergiftung ins Krankenhaus gebracht. Die ersten Schaulustigen zerstreuten sich schon wieder.

Vielleicht war es nicht ganz ein perfekter Tag, aber die Eltern verstanden, was Ronja sagen wollte. Sie waren selber zutiefst erleichtert, dass den Kindern bei ihren heimlichen Nachforschungen nichts Schlimmes zugestoßen war.

«Darf ich mich von dem kleinen Tiger verabschieden, Mama, Papa? Danach komme ich überall mit euch hin, wo ihr wollt», bat sich Ronja aus.

Matthias nickte und fragte sich, wie sie Melissa erreichen könnten.

Dann lief Ronja mit dem Polizisten zu seinem Auto, wo die Raubkatze in eine Rettungsfolie gegen Unterkühlung eingehüllt worden war und auf einen Mitarbeiter vom Wuppertaler Zoo wartete. Der Tiger hatte viel Spaß mit der raschelnden Hülle und knabberte daran herum. Der Polizist schaute weniger begeistert auf das Chaos im Innern seines Wagens und öffnete für Ronja vorsichtig die Autotür.

«Hey, Kumpel. Wir haben es geschafft», verabschiedete sich Ronja von dem Tigerbaby. Vorsichtig streckte sie ihre Hand aus und wurde prompt von der rauen Tigerzunge abgeschleckt. «Mach' es gut, mein Freund. Für dich würde ich das alles jederzeit erneut auf mich nehmen! Vielleicht sieht man sich mal wieder.»

Dann schloss Ronja vorsichtig die Autotür und lief zu ihren Eltern zurück.

Das Tigerbaby geht zurück in den Zoo

*****

Melissa und Andrej standen verloren auf dem belebten Platz in Wuppertal-Barmen. Melissa zuckte zusammen, als Andrej plötzlich «Pablo!» schrie und einem Polizeiauto hinterherrannte.

Melissa folgte ihm verdutzt im Laufschritt.

Das Auto bog um die Ecke und nahm rasch Fahrt in Richtung Präsidium auf. Die Kinder hatten keine Chance, es einzuholen.

«Pablo saß hinten in dem Polizeiauto!»

«Bist du dir sicher, dass das dein Bruder war?», fragte Melissa zweifelnd.

«Klar, du würdest dein Spiegelbild ja wohl auch erkennen.»

«Na, dann nichts wie hinterher. Wenn Pablo jetzt befreit ist, haben wir nichts mehr zu befürchten.»

In diesem Moment klingelte das Handy. Eine unbekannte Nummer war auf dem Display zu sehen. «Nicht schon wieder einer von diesen Fieslingen», stöhnte Melissa genervt. Sie antwortete dennoch.

«Hier ist Polizeiwachtmeister Koors. Du musst Melissa sein. Deine Eltern und deine Schwester Ronja sind hier bei mir.»

«Puh, und ich dachte schon, Sie sind auch einer von diesen Zoo-Räubern», antwortete Melissa. «Kann es sein, dass Sie Pablo gefunden haben? Andrej hat gemeint, er hätte seinen Bruder in einem Polizeiwagen gesehen.»

«Da hat er richtig geguckt. Bitte kommt direkt ins Polizeipräsidium und meldet euch an der Pforte an.»

«Geht klar, Herr Kommissar.» Melissa war sich unsicher, ob dies die richtige Anrede war, aber zutiefst erleichtert, dass ihr Abenteuer noch einmal gut ausgegangen war.

*****

Im Polizeipräsidium trafen sich dann alle wieder. Die polnischen Zwillingsjungen Pablo und Andrej umarmten einander mit einem Freudenschrei, genauso wie Ronja und Melissa.

«Alter, du bist so krass, einfach in diese alte Brauerei einzudringen!», rief Melissa aus und gab Ronja einen Klaps auf die Schultern.

Die umstehenden Polizisten und die Eltern lachten. «Macht nichts, wir haben es mal wieder gefuchst!», entgegnete Ronja schlagkräftig und boxte zurück.

«Hm, hm», knurrte der Vater kritisch aus dem Hintergrund und drohte ihr mit dem Zeigefinger.

«Aber eines frage ich mich noch: Konnte Dimitri wirklich die ganze Zeit mein Handy orten und jeden Schritt von mir überwachen?» Melissa ließ es keine Ruhe, dass ein Verbrecher so einfach Kontakt mit ihr aufnehmen könnte. Diese Vorstellung war ihr zu gruselig.

Doch der Polizeiwachtmeister beruhigte sie: «Nein, nein, da haben die Entführer geblufft. Eine Handy-Ortung geht nicht so einfach.»

«Puuh, da bin ich aber erleichtert.»

«Ihr Fuchs' habt unsere Stadt Wuppertal jedenfalls ganz schön auf den Kopf gestellt», fasste Polizeiwachtmeister Koors zusammen. «Ohne euch wäre das sibirische Tigerbaby bereits unterwegs nach Moskau. Ihr seid wohl immer mit Vollgas unterwegs, was?»

«Das kann man laut sagen!» Der Vater Matthias schüttelte den Kopf über das turbulente Familienwochenende.

Dann brachen sie alle zusammen auf. Die Fuchs-Familie kehrte in das alte Fachwerkhaus im Stadtteil Sonnborn zurück, die polnischen Zwillinge nach Elberfeld zu ihren Eltern.

Wiedersehen im Dunkeln

Es dunkelte bereits, als Tante Henriette in dem alten bergischen Fachwerkhaus die Schokoladentorte auf die Teller verteilte. Der Kaffeeduft zog durch die Wohnstube und der alte Kachelofen verbreitete eine gemütliche Wärme. Das tat gut nach den langen Stunden draußen im kalten Novemberregen.

«Ich muss wohl bei meiner Lieblingssendung eingenickt sein. Entschuldigt bitte, wenn ich euch warten ließ!», bat Henriette Vogler.

«Och, Tantchen. Das kann man nicht direkt so sagen, dass du uns hast warten lassen», antwortete Ronja mit vollen Backen. «Eher umgekehrt.»

Sie war so ausgehungert, dass sie sofort angefangen hatte, Torte in sich hineinzuschaufeln. Jetzt war alles gut. Die Familie Fuchs war wieder wohlbehalten vereint. Ronja war höchst zufrieden damit, einfach nur an der Kaffeetafel mit den anderen zusammensitzen zu dürfen. Von den Zwillingsjungen Pablo und Andrej hatten sie sich im Polizeipräsidium mit einer herzlichen Umarmung verabschiedet. Obwohl die Begegnung mit vielen Vorurteilen und einem dicken Missverständnis begonnen hatte, waren ihnen die Jungen zum Schluss richtig sympathisch geworden. Wie gut, dass man in ihrem Familienclan so fest zusammenhielt und auch aktiv wurde, wenn der andere Hilfe brauchte. So hatten viele hundert

Menschen an der Suche nach dem schwarzen Mercedes mitgemacht. Dadurch wurde schließlich der richtige Wagen auf dem verlassenen Pendlerparkplatz entdeckt und Pablo befreit.

Der Vater räusperte sich. «Ich habe eine Geschichte für uns, die zu diesem chaotischen Wochenende passt.»

«Wenn ich dabei weiter essen darf …» Melissa wollte sich nur ungern unterbrechen lassen.

Dagegen hatte der Vater nichts.

«Ich hole noch ein wenig Kakao nach. Ihr trinkt ja was weg heute!» Tante Henriette verschwand in der Küche. Sie war in ihrem Element, die Fuchs-Familie so richtig zu verwöhnen.

Matthias begann zu erzählen: «Eines Tages kamen einige theologische Lehrer zu Jesus, die einen Grund für ein Streitgespräch suchten. Sie sagten anklagend zu ihm: ‹Warum befolgen deine Jünger nicht unsere alten Traditionen und halten die vorgeschriebenen Händewaschungen vor dem Essen nicht ein?› Jesus konterte und fragte zurück: ‹Und warum brecht ihr bewusst mit euren ganzen Vorschriften und Traditionen die ursprünglichen Gebote Gottes? So lautet das fünfte Gebot, Vater und Mutter zu ehren. Ihr dagegen lehrt, man könne zu seinem Vater oder seiner Mutter sagen: Alles, was dir von mir als Unterstützung zusteht, erkläre ich zur Opfergabe; dann braucht man seinen Eltern nicht länger zu helfen.›»

«Wie heuchlerisch und verlogen ist das denn!», stieß Ronja empört hervor.

«Damals waren die Alten und Kranken völlig auf die Unterstützung ihrer Familien angewiesen. Es gab keine Altersrente oder Krankenversicherungen», führte der Vater weiter aus. «So war es bestimmt nicht im Sinne Gottes, sie hungern zu lassen und stattdessen eine großzügige Spende ans Gotteshaus zu machen.»

«Aber wieso passt diese Geschichte zu unserem aufregenden Wochenende?», wollte Melissa wissen, die den Zusammenhang nicht erkennen konnte.

«Naja, Papa möchte damit wohl sagen, dass es nicht sein kann, dass wir einerseits in den Gemeindejugendkreis gehen und schöne Lobpreismusik zusammen machen und andererseits die Alten in unseren Familien pampig behandeln oder überhaupt nicht mehr besuchen», erklärte Conny mit einer unglaublichen Direktheit. Sie fand, dass ihre Töchter manchmal für indirekte Erklärungen wenig empfänglich waren.

«Och Mama», protestierten diese entrüstet. «So denken wir gar nicht.»

«Hört, hört», neckte der Vater sie.

Aber das Wochenende hatte auch ohne die mahnenden Elternworte die Einstellung von Ronja und Melissa zu diesem Thema verändert. Tante Hennys großzügigen Geldgeschenke und die herrliche Schokoladentorte waren Ausdruck ihrer Liebe für die Großnichten. Ohne die tatkräftige Familienhilfe wären die Kinder an mehreren Stellen aufgeschmissen gewesen. Ronja musste unwillkürlich an den Radio-Aufruf von Andrej denken, der durch das weitverzweigte Roma-Netzwerk zur Befreiung von Pablo geführt hatte. Oder an den Moment, als sie die betenden Fuchs-Eltern in ihrem Auto wieder getroffen hatte. Vielleicht war das der bedeutendste Augenblick in ihrem Abenteuer gewesen, weil es um ein Haar so schrecklich schief gegangen wäre mit ihren tollkühnen Detektivspielen. Matthias und Conny hatten sich sofort auf den Weg gemacht, als ihre Kinder sie gebraucht hatten. Ohne Vorwürfe und Schuldzuweisungen hatten sie umgehend geholfen, die verzwickte Situation wieder hinzubekommen. Ihre Eltern würden immer für sie da sein, auch wenn die Mädchen manchmal mit ihren Entscheidungen danebengriffen. In einer Familie ist man immer füreinander da, auch wenn der andere einen Fehler macht oder sich von einer unattraktiven Seite zeigt. Als Ronja vor dem Feuer in der Schwebebahn Todesangst ausgestanden hatte, da war auf einmal ihre in Vergessenheit geratene Liebe zu Tante Henriette wiedergekehrt. Dieses Wochenende war nicht für ihr eigenes Vergnügen gedacht, sondern um ihrer alten Tante eine Freude zu bereiten. Jetzt fiel es Ronja leichter, an Tante Hennys Kaffeetafel zu sitzen und Geschichten von vorgestern anzuhören, ohne zwischendrin auszuflippen, weil sie sich so langweilte.

Deshalb sagte Ronja mit ganz viel Wertschätzung in der Stimme zu ihrer Tante, die mit einer vollen Kanne Kakao aus der Küche zurückkehrte: «Danke, Tante Henny, dass du alles so schön für uns gemacht hast. Diese Schokoladentorte ist einfach der Hammer.»

«Bitte, mein Kind», antwortete Henriette Vogler.

Mit dieser Anrede ging sie allen Namensverwechslungen und Fettnäpfchen geschickt aus dem Weg. Davon hatte sie heute genug gehabt und sich jedes Mal unendlich geschämt für ihre Gedächtnisprobleme.

Conny lächelte leise vor sich hin. So stellte sie sich Familie vor: füreinander da sein, alle Generationen um einen Tisch versammelt. Mal brauchten die Fuchs' einfach Action und Zeit, für sich zu sein. Ein anderes Mal war gemeinsames Chillen und anderen Dienen angesagt. Für jedes Alter gab es einen Platz in ihrer Familie. Jeder hatte dem anderen etwas zu geben und niemand wurde wie ein abgenutztes Möbelstück ausrangiert.

«Weißt du, Tante Henny, was wir morgen zusammen anstellen könnten?», fragte die Mutter unvermittelt. Dabei blickte sie die anderen Familienmitglieder in der Runde geheimnisvoll zwinkernd an.

«Nein? Was denn?», kam von Tante Henriette zurück.

«Wir gehen alle zusammen zum Schwarzlicht-Minigolf in die alte Papierfabrik.»

«Waaas? Super!», rief Melissa und Ronja stimmte ihrer Schwester zu: «Cool, das wird ein Gaudi.»

«Seit wann kann denn Licht schwarz sein?», wunderte sich die Tante laut.

«Seit Tigerbabys mit der Schwebebahn fahren», flüsterte Melissa leise glucksend Ronja ins Ohr.

«Das ist eine Art Minigolf im Dunkeln in einer umgebauten alten Fabrik», erklärte Ronja mit Engelsgeduld. Sie wollte sich, motiviert durch die biblische Geschichte, mehr um Achtung vor dem Alter bemühen, auch wenn sie kaum verstand, wie man von so etwas Coolem wie Schwarzlicht nie gehört haben konnte.

«Wenn ihr meint, dass ich das noch hinkriege.» Tante Henny klang ein wenig skeptisch. «Wie immer das geht, ich bin dabei!»

«Super, Tantchen», lobte Ronja begeistert.

«Ach, wird schon werden», baute Conny ihre Verwandte auf. «Uns bleibt ja die Coffee-Bar als sichere Alternative, wenn wir den Golfball zu oft ins Aus schlagen oder die anderen uns abhängen. Dann trinken wir stattdessen eine schöne Schokolade zusammen.»

Mit dieser Aussicht konnte sich Henriette Vogler besser anfreunden. Sie freute sich riesig auf den letzten verbleibenden Tag ihres gemeinsamen Wochenendes.

*****

Am Sonntag fuhren sie dann nach dem Mittagessen mit dem Auto los. Der Betrieb der Wuppertaler Schwebebahn war trotz fieberhafter Reparaturarbeiten für einige Wochen stillgelegt worden. Ein letztes Mal kamen sie an der Schwebebahnstation in Sonnborn und unterhalb der Unfallstelle entlang. Der eingeknickte Träger sah gruselig aus, die schwarz verrußte Bahn war jedoch schon in den Betriebshof zurücktransportiert worden. An der alten Papierfabrik angekommen, sprang Ronja als erste vom Parkplatz los, da sie es kaum erwarten konnte. Die

Familie folgte ihr etwas langsamer mit Tante Henriette im Schlepptau.

Der Vater löste für alle den Eintritt und erhielt fünf merkwürdig aussehende Spektralbrillen für alle. Dann betraten sie das dunkle «Underground»-Terrain im Schwarzlicht.

Die Kinder setzten kichernd die Spektralbrillen auf und waren überwältigt, wie auf einmal alle Hindernisse und Wegmarkierungen der Minigolfbahnen in 3D-Optik auf sie zugeflogen kamen. Sie hatten durch die fantasievolle Dekoration das Gefühl, in einer echten Unterwasserwelt zu schweben.

Tante Henriette kam zögerlich an Connys Arm hinterher.

Übermütig schlug Vater Matthias den ersten Ball in die Versenkung. Diese Bahn war wohl zum Aufwärmen gedacht und bereitete ihm keine größere Schwierigkeit.

Aus Lautsprechern ertönte flippige Musik und an allen Bahnen hörte man das Lachen der begeisterten Minigolfspieler.

Ronja kam es so vor, als wenn der Boden zur schiefen Ebene wurde und sie wie ein betrunkener Seemann torkelte. In Wirklichkeit waren die Bahnmarkierungen als optische Täuschungen angelegt. Unverhofft rannte sie in einen weit geöffneten Haifisch-Rachen, der urplötzlich aus der Wand vor ihr aufgetaucht war.

«Hilfe!», quietschte sie halb erschrocken, halb amüsiert los.

«Das ist genial hier, Ronja. Schau mal, wie ich diese

Loopings nehme», schrie Melissa gegen die laute Musik an.

Der Vater war ein ernst zu nehmender Gegner, der sich von der ungewohnten Schwarzlicht-Umgebung nicht ablenken ließ. Seine Schnürsenkel und der Hemdkragen leuchteten grellweiß im Dunkel der «Underground»-Bahnen auf. Trotz der ungewohnten Sichtbedingungen versenkte er konzentriert einen Ball nach dem anderen mit wenigen Schlägen ins Loch.

Jetzt verließ die Fuchs-Familie die Halle mit der Unterwasserwelt und tauchte in ein anderes Szenario ein. Planeten, Spaceshuttle und Asteroidennebel tanzten durch den Raum. Langsam tastend bewegten sich die Schwestern mit ihren Spektralbrillen vorwärts, die ihnen ständig neue Hindernisse im Weg vorgaukelten. Futuristische Musik ertönte dazu.

Tante Henriette hatte mittlerweile so viel Mut gefasst, dass sie nun auch ihre Brille aufsetzte. Im gleichen Augenblick raste eine silberne Rakete auf sie zu und sie sprang erschrocken zur Seite. Nur um gegen einen bedrohlich aussehenden Mann im silberfarbenen Raumanzug zu stoßen. «Der Cyborg ist wieder da», schrie sie entsetzt auf. «Der Cyborg!» Dann sackte sie gegen die Wand hinter ihr und stammelte nur noch zusammenhanglose Sätze. «Die Namen der Kinder? Vergessen und verloschen sind sie. Ich habe versagt. Jetzt wirst du sie mir entreißen. Hilfe, warum hilft mir denn keiner?» Fast weinend sank sie auf die Knie vor dem mannshohen Objekt.

Seine unbarmherzigen, rotleuchtenden Roboteraugen kamen immer dichter auf sie zu. Sie brannten sich in ihren Kopf und ließen jeden vernünftigen Gedanken in Rauch aufgehen.

Flehend hob sie ihre Hände. «Bitte nicht, bitte!»

«Tante Henny, Tante Henny ...»

Wie aus weiter Ferne erklangen die Worte ihrer Nichte Conny.

«Tante Henny, was ist mit dir? Da ist kein Cyborg, das ist alles nur eine Illusion. Das ist ein Astronaut, der durch das Universum fliegt.» Connys sanfte Worte holten die alte Frau langsam aus ihrem Albtraum zurück.

Willig ließ sie sich von Matthias und seiner Frau die Spektralbrille abnehmen und aus der Science Fiction-Landschaft hinausführen.

Noch immer schlug ihr Herz wie verrückt. Sie stand benommen im schwarzen Mondlicht, aus dem wie weiße Blitze die Golfbälle durch den Raum schossen.

«Komm mit, Tante Henriette. Wir beiden gehen jetzt hier raus und dann erzählst du mir bei einer Tasse heißen Kaffee, was dich so ängstigt.» Damit ließ die Mutter den Rest ihrer Familie beim Schwarzlicht-Minigolf zurück.

Henriette Vogler ließ sich bereitwillig von ihrer Nichte zurück ans normale Tageslicht führen. In einem Bistro bestellten sie einen starken Kaffee für die alte Frau.

«Ich dachte, ich stehe wieder dem Cyborg Auge in Auge gegenüber, der vor eurer Ankunft auf meinem Dachboden rumgespukt ist», begann sie zu erklären.

«Was für ein Cyborg?», erkundigte sich Conny.

«Der Cyborg, der die Namen meiner Großnichten verlangt hat. Aber ich alte, vergessliche Ruine konnte sie ihm nicht sagen. Darum hat er die Mädchen auch für immer von mir weggenommen.»

«Du bist doch keine Ruine, Tante Henriette», widersprach Conny. «Wir haben dich sehr lieb. Du bist unsere Lieblingstante, Meisterbäckerin von Schokoladentorten und Freundin für immer!»

Henriette schnäuzte sich gerührt in ein umhäkeltes Taschentuch. Sie rang um Fassung.

«Das klingt viel besser als Ruine!» Henriette Vogler zwinkerte verstohlen eine Träne aus ihren Augenwinkeln weg. «Ich fühle mich in letzter Zeit überhaupt nicht mehr wie eine Meisterin, sondern eher wie ein schrottreifer Oldtimer. Mein Körper und mein Verstand lassen mich immer mehr im Stich. Ich habe Angst, dass ich irgendwann bald gar nichts mehr kann und dass die Mädchen dann nichts mehr mit mir zu tun haben wollen. Dabei habe ich sie doch so sehr ins Herz geschlossen.»

«Das wird nicht der Fall sein», versprach Frau Fuchs ihr fest. «Sie haben dieses Mal vielleicht ein bisschen länger gebraucht, um wieder an die gute alte Beziehung anzuknüpfen, aber in Zukunft wirst du uns regelmäßiger zu Gesicht bekommen als zuletzt.»

«Das wäre schön.»

«Die Mädchen hängen mehr an dir, als zu Beginn des Wochenendes sichtbar war», bestätigte Conny noch einmal.

Dann führte die Mutter wie als Beweis für ihre Behauptungen ein Versprechen aus der Bibel an, von dem sie einmal gelesen und das sie sich gut gemerkt hatte: «Als das Volk Israel total fertig war, weil es in die Gefangenschaft weggeführt worden war, da hat Gott ihnen eine Zusage gegeben. Er sagte zu ihnen: ‹Auch bis in euer Alter bin ich derselbe, und ich will euch tragen, bis ihr grau werdet.› Das steht in Jesaja 46. Das gilt auch für unsere Familie.» Ganz feierlich setzten sie noch eins drauf: «Liebe Tante Henriette, Gott wird dich nicht verlassen und wir, die Familie Fuchs, genauso wenig.»

«Egal, wie grau du geworden bist», quiekte eine vorlaute Stimme aus dem Hintergrund. «Wir haben dich lieb!»

Conny drehte sich strafend nach ihrer Tochter Ronja um, die von der Tür zu ihnen hinübergerufen hatte. Die Tante einen Graukopf zu nennen, war ja der Gipfel an Dreistigkeit von ihrer Jüngsten.

«Und wir ertragen dich für immer», Ronja nickte eifrig.

«Tragen, Ronja, nicht ertragen», verbesserte ihre Mutter, die nicht wollte, dass diese immer tiefer ins Fettnäpfchen hineintappte.

Aber die Tante nahm ihre Bemerkung nicht krumm, sondern begann schallend zu lachen. «Dieses Schwarzlicht-Golf ist unerträglich. Wisst ihr eigentlich, was ich um euretwillen alles ertrage! Also wirklich!» Mit gespielter Empörung beschwerte sich Henriette Vogler bühnenreif auf Teenie-Manier über den Ausflug. Es wirkte auf die Geschwister, als hätte sie heimlich gestern am Zoo-Eingang die Worte der Fuchs-Mädels mitangehört.

Alle lachten schallend. Henriette Vogler war einfach zu komisch, wie sie die Teenies imitierte.

«Ende gut, alles gut», philosophierte der Vater.

«Das haben wir mal wieder gefuchst hier in Wuppertal!» Melissa schlug in Ronjas hoch erhobene Hand.

Die Schwestern waren ein gut aufeinander eingespieltes Team und hatten mit Tempo und Charme den Fall des entführten Tigerbabys aufgeklärt.

«Nächstes Mal schaue ich euch beiden aber wieder mehr auf die Finger», brummte Matthias verdrossen, der an den letzten Bahnen überraschend von seinen Töchtern ausgespielt worden war. «In der Wuppertaler Schwebebahn wie hier beim Schwarzlicht-Minigolf. Abgeschlagen habt ihr mich und eure Mutter. Na, wartet!» Spielerisch drohte er seinen Töchtern mit dem Zeigefinger, doch insgeheim war er sehr stolz auf ihren Mut und Einsatz für das entführte Tigerbaby.

Sophie 2 – Perfektes Chaos

Rahel Träger

Ab 10 Jahren

Sophie, 14 Jahre alt, leidenschaftliche Malerin und blind. Ganz unerwartet darf sie ihre Bilder in einer Galerie ausstellen. Sie schwebt auf Wolken. Wenn nur alles nach Plan laufen würde! Doch da ist Ronja mit einer irrwitzigen Detektivspiel-Idee. Und Max, der mitmacht, weil er gern in Sophies Nähe ist. Aus dem Spiel wird Ernst und es verschwinden nicht nur Bilder. Sophies Eltern geraten ins Visier der polizeilichen Ermittlungen. Max setzt alles daran, Licht in die verrückte Situation zu bringen. Währenddessen versucht Sophie zu verstehen wie Freundschaft funktioniert. Was gar nicht so einfach ist, wenn Dinge plötzlich anders zu sein scheinen, als sie vorher waren.

272 Seiten, ISBN 978-3-03783-140-3

Sophie – Königin der Farben
272 Seiten, ISBN 978-3-03783-108-3

Sophie – Königin vo de Farbe
Hörspiel in Schweizerdeutsch
ISBN 978-3-03783-109-0

Rikki und der Schatz der Löwen
160 Seiten, ISBN 978-3-03783-138-0

www.adonia-verlag.ch Adonia

Abenteuerstorys

Ab 10 Jahren

David Hollenstein / Salome Perreten

Pferdehof Klosterberg 5 –
Kein harmloser Streich

Eine anonyme Hetzkampagne gegen den Pferdehof Klosterberg führt zu immer mehr Problemen. Da Amelia selber mit drinsteckt, will sie den Grund für die ungerechte Verleumdung herausfinden. Aber dazu muss sie zuerst die Urheber finden. Ramona kann ihr nicht helfen, da sie selber genug Probleme hat. Sie muss bis Sonntag ein neues Fahrpferd suchen. Als sie eines gefunden hat, macht aber die Zahnärztin eine überraschende Entdeckung. Zum Glück kann Amelia auf die tatkräftige Unterstützung ihrer Schwester Lina und der beiden Pferdefreunde Nico und Manuel zählen.

Eine spannende Geschichte, die einigen Stoff zum Nachdenken bietet und garantiert nicht nur Pferdefans in ihren Bann zieht.

220 Seiten, ISBN 978-3-03783-146-5

Pferdehof Klosterberg 4 –
Nicht mit mir!

208 Seiten, ISBN 978-3-03783-132-8

Pferdehof Klosterberg 3 –
Handyfilm mit Folgen

204 Seiten, ISBN 978-3-03783-110-6

Pferdehof Klosterberg 2 –
Einer für alle

204 Seiten, ISBN 978-3-03783-099-4

Pferdehof Klosterberg 1 –
Rätselhafte Vorfälle

176 Seiten, ISBN 978-3-03783-080-2

Hörspiele in Schweizerdeutsch für Kinder ab 8 J. dazu erhältlich.

www.adonia-verlag.ch Adonia

Jan & Co. – Jugendkrimis

David Hollenstein

Ab 10 Jahren

Jan & Co. 8 –
Ärger in der Eliteschule
ISBN 978-3-03783-122-9

Jan & Co. 7 –
Gefährliche Überwachung
ISBN 978-3-03783-106-9

Jan & Co. 6 –
Pizza für die Mafia
ISBN 978-3-03783-089-5

Jan & Co. 5 –
Vermisst am Matterhorn
ISBN 978-3-03783-066-6

Jan & Co. 4 –
Die Casting-Show
ISBN 978-3-03783-050-5

Jan & Co. 3 –
Raubüberfall im Europa-Park
ISBN 978-3-03783-017-8

Jan & Co. 2 –
Das Geheimnis der Miruna
ISBN 978-3-03783-010-9

Jan & Co. 1 –
Verdacht im Modehaus
ISBN 978-3-905011-98-2

Hörspiele in Schweizerdeutsch für Kinder ab 8 J. dazu erhältlich.

www.adonia-verlag.ch Adonia